U0007019

シズコさん

佐野洋子

陳系美 譯

請你們厚著臉皮活下去吧！——談佐野洋子的幾本書

文／虹風（暱稱沙貓貓，小小書房店主）

由於接觸繪本作品較晚，我成為谷川俊太郎的粉絲很多很多年之後，才認識了佐野洋子這個作家，並且是「一本圈粉」。有一年，我偶然得知，這兩人曾經是夫妻時，驚訝到只說得出「怎麼可能！」；又有一年，谷川俊太郎來臺灣，在見面會中說出自己是個媽寶時，我也驚訝到只說得出「啊原來如此啊」。前些日子，出版社編輯跟我說，這兩人曾經合作的唯一一本小說《兩個夏天》，隔年因為離婚，就絕版了二十五年，臺灣終於要出中文版了時，我驚訝的不是「什麼他們竟然曾合作寫書」而是「什麼佐野洋子竟然還寫小說」！

想來也合理，畢竟繪本也是虛構作品，就連她回憶母親的作品《靜子》，據新井一二三在解說中提到，佐野洋子逝世後出版的追悼紀念集裡，前夫（第二任）谷川俊太郎與佐野的獨子廣瀨弦（與第一任丈夫所生）對談中提及書裡她與母親和解的部分也是虛構的。

不過，那些悲傷、憎惡或者愛，都是真的啊。

《兩個夏天》也是一本悲傷的小說。由作家兩人各自構築自己的故事線推進，文風感性的佐野洋子，與文字講究猶如外科解剖般精準的谷川俊太郎，在這本書裡刻畫出兩個有若天地兩極的角色，在這兩個角色身上，我們都隱約看得見作者的身影：一個貧窮的野孩子，與一個溫室成長裡的淡漠少年，對彼此的世界充滿好奇，卻只能沿著原來的生命軌道成長、前進。

相隔二十五年重新出版時，谷川俊太郎在書末附上一封頗有意味、與佐野洋子剛認識時，她寫給他的信代替後記。

讀著讀著，不知道為什麼就想哭了。

我很喜歡、很想念佐野洋子，希望世人永遠不要忘記她的那種程度的喜歡。但是作家啊，只要書慢慢絕版，就會逐漸被世人遺忘了。小小蒐集、販售的貓書裡面，有一本經典作品是佐野洋子的《活了一百萬次的貓》，它絕版了好一陣子，久到已經有讀者不知道這本書的存在。

《活了一百萬次的貓》重新出版時，我又看了一次，然後還是哭了。距離上一次看這本繪本少說也有七、八年吧，每回賣掉書店補訂進來就會再看一次，看一次哭一次。我記得有一回我決定此生不要再翻開它了，它好好地待在書架上就好，省得我又哭。我也曾想過，是否該在書上貼個「愛哭鬼不要看！」的標籤提醒自己（或讀者），但一直沒下定決心。

後來它就絕版了。

會讓人哭的書都很好賣耶，臺灣的出版社怎麼這麼傻，實在想不通。果然，後來有別家出版社想通了，於是它又回來了。

不過，不是所有的書，出版社都會想通。讓我「一本圈粉」的佐野洋子作品，不是那本很煩的《活了一百萬次的貓》，而是《被生下來的孩子》。在浩瀚的繪本作品中，只要書名有「孩子」的，我通常都會跳過去，雖然繪本多半都是畫給孩子看的，但我一點都不想要再當孩子了，所以這本書若不是真美老師翻譯的，我大概連進都不會進。

總之，《被生下來的孩子》講的其實是「沒有被生下來的孩子」，我覺得這個角度太震撼了，原來童書界也有這樣不凡角度的作品。隔年的《我是貓耶》奠定了我一輩子都要追隨佐野洋子的決心，那隻浮誇、虛張聲勢、膽小得要命的貓，就是我眼中貓的真實面貌！而攫住我的，不只是故事，更是佐野洋子野性不羈的畫風，狂野的線條啊、筆觸啊，人物角色背景鮮活得像是要從紙頁裡蹦出來，我生平第一次那麼捨不得讀完一本繪本。

可能託貓奴之福，《我是貓耶》於二〇一九年已由步步重新出版，而《被生下來的孩子》則絕版至今。

我最討厭絕版書了。

絕版書一來讓我沒書可賣，沒錢可賺，這是最重要的一點；還有另一點也很重要：書的絕版，會使閱讀群出現斷層，就如《兩個夏天》一樣，我壓根不知道佐野洋子也寫小說。我認識的佐野洋子，是繪本作家噢。但是，幾年前臺灣出版社開始引入佐野洋子的散文時，她的繪本作品在臺灣已經停止引介，曾有年輕讀者看到我推薦她是我心目中的繪本大神時大吃一驚，他們還以為她是一個散文界橫空出世的犀利老太太！

時光流轉，這幾年佐野洋子的散文集又漸漸絕版了，前兩年有出版社一口氣出了許多許多她的繪本，頗有想要一網打盡的氣勢，重新拉攏了不少年輕讀者，那麼，繪本界的讀者，你可知道佐野洋子也是散文界的潑辣女王呢？

我以前也不知道。

當年《無用的日子》、《靜子》出版時，我簡直被嚇傻了，尤其是《靜子》，是佐野洋子寫她母親的回憶錄，在她記憶中的母親，從來不說「謝謝」與「對不起」、心胸狹窄、自卑、勢力、粗俗、為了一點小事會把她打得半死。她的父親在五十歲時過世，母親當年四十二歲，身為長女的洋子十九歲，妹妹七歲，哥哥與弟弟分別在他們十一歲與四歲時生病離世。哥哥的死亡，在她洋子心中留下長遠恆久的創傷。這傷痕，恐怕是來自於她的雙親當時所受到的打擊：「母親陷入半發瘋狀態；父親的背影看起來像是心裡最核心的部分被抽掉了。」（頁85）。母親老了，被弟媳趕出家門之後，洋子與妹妹決定將母親送到養老院。

《靜子》是一本負疚之書，因為無法親自照顧母親、感到自責而開啟的回憶書寫；是一本咎責之書，細數從小到大，母親未曾給予過的溫情與愛；是一本揭瘡之書，將家庭裡的不堪、貧困，家門背後不為人知的瘡疤，如洪水般傾倒而出；也是一本女人才能寫得出來的書——佐野洋子所有身為女性所具有的手藝、廚藝，都承襲自那個她不愛的母親。從爬梳這一生與母親的回憶裡，她理解到一個在四十二歲就必須擔負起四個孩子生計的女人，要如何為生活錙銖計較，寸步不讓；也是一本和解之書，罹癌的自己與逐漸癡呆的母親，在時光中逐漸匯流，最終得以擁抱的催淚之作。

幾乎在同一時間出版的（無論日文或繁體中文版）《無用的日子》，是罹癌之後驚人的爽颯豁達自白。這兩本書在散文讀者群裡想必引發了熱烈的迴響，讓出版社得以再接再厲推出她更早之前的作品：《我可不這麼想》、《沒有神也沒有佛》。

《我可不這麼想》收錄作家在一九八〇年代的隨筆，主題相當廣泛，不過，談及創作有關的主題時，我覺得，如果我一輩子都只看佐野洋子的繪本，我一定不會想到原來她也有過「少女趣味」時期。什麼叫做少女趣味呢？你懂的，就是公主啊、蕾絲啊、波浪捲啊……啊啊啊啊你在尖叫嗎？你覺得佐野大神怎麼可能會畫公主畫嗎？「稍微長大後，我看到中原淳一的畫驚艷屏息，迷上那張臉幾乎都是眼睛的非現實少女」（頁30）。時代啊！

此時期正值中年的洋子，還沒有到老年時放開手腳的豁達勁，生活上還有點綁手綁腳，不過已經可以「看出潛力」。譬如，抱持勤儉持家不浪費的精神，談處理剩菜，看到中華料理食譜有道鍋巴飯，作法簡單照片美味，此道菜的魔法來自勾芡，被生火的佐野洋子衝去買芡汁所需要的材料，計有：干貝、豬肉、鮑魚、金華火腿、香菇、竹筍、蔬菜……

嗯？咦，誒！買這麼多、用這麼奢華的材料來消滅剩菜是不是哪裡有點奇怪？

諸如此類的。非常會寫，生活裡雞毛蒜皮的小事被她一寫立刻有趣得不得了，連灰塵都會發光的那種程度。

而中年時期還在意的一點點臉皮問題，到了老年時期的《沒有神也沒有佛》就被她消滅得一丁點也不剩了。

有次，有個讀者請我推薦佐野洋子的書給他不看書的老媽，我一秒都沒遲疑拿起《沒有神也沒有佛》，他立刻搖頭：「我媽沒有宗教信仰」。哎呀！就是這樣才對盤啊！這本書跟神佛唯一的關係就是「沒有」，此書可是佐野洋子後來驚世「無用老人論」的起點版，「我六十三歲了，是個無用的老人。」（頁17）不過呢，佐野洋子筆下這隱居鄉間的「無用老人」，大概是我讀過過得最爽最任性的老年生活，連她的鄰居友人也是如此：「日前我去佐藤家問他：『我要去量販店，你要不要買什麼？』佐藤說了令我開心的事：『啊，我也得去一趟，可是我忘了要買什麼東西哪。說不定路上會想起來。』在櫃檯結帳時，佐藤雙手都拿著東西，我說：『太好了呀，你想起來了。』結果他回答：『呃不，我覺得我要買的好像不是這個。』」（頁167）

所謂，近朱者赤大概就是這樣。

佐野洋子說，她心情不好的時候就會讀田邊聖子的書。每次我的人生過得規規矩矩、無聊萬分時，我就會拿起佐野洋子的書，因為，這樣瞬間就可以獲得厚臉皮、任性地活下去的勇氣。

此乃輕輕鬆鬆就能獲得「被討厭也無所謂噢」的加持術是也。

1

我走進房間時，母親背著房門在睡覺。我湊過去看她，她沒有睜開眼睛，只有嘴巴不停地蠕動。蠕動的嘴巴裡已沒有半顆牙齒，看起來像一塊薄布塞進小洞裡，滿是皺紋。一直蠕動著。雖然她總是在睡覺，無法聚焦的眼睛有時會動也不動地望著某處。

「媽。」我叫了一聲，她嚇得猛打哆嗦，眼神驚懼地打量我。我說：「我是洋子啦。」過了一會兒，她才東張西望，轉起眼珠子，我又說了一次：「我是洋子啦。」這回她終於定睛看著我，然後說：「是洋子啊，哎呀。」接著轉過身去，又說了一次：「哎呀。」這時我已經不是洋子了，誰都不是。

她心情好的時候，我把帶來的東西拿給她看，問她：「要不要吃？」她倒是說得很清楚：「要吃。」有時甚至連盤子都快吞下去了。以前儘管她在睡覺，有時還會因為一點聲響就醒來，但今天只是嘴巴不停蠕動地睡著，我也只能靜靜站在一旁。

過了一會兒我坐在椅子上，看著她。母親的身體總是被剛洗好的硬挺床單和被單裹著。十年前母親也住過我家，那時的床單不是這樣。

我自己的床單一個月才換兩次，而且是用不顯髒的深藍色或紅色花紋床單。換被單是個大工程，每次換的時候都很感慨：啊！我老了啊！還要把頭伸進被單和棉被的中間，搞得滿身大汗，我不禁想這種大工程我還能做多久？現在還做得動真是謝天謝地。

要是十年前母親一直在我家住下去，現在可能不是這樣乾淨整潔的老太太。食物也不像這裡都磨碎了方便她吃，也不可能吃到這麼多種菜餚，甚至還有甜點呢。每每想到這裡，總猛然意識到我拋棄了母親。

原本想就離開吧，但我還是爬上了母親的床。即使上了床，母親的眼睛依然閉著，身體動也不動，只有嘴巴不停地蠕動。我執起母親的手，握了握，搖了搖，她依然沒有醒來。這時我看到母親的指甲，嚇了一跳。她的指甲透明，修剪成美麗的形狀。母親的手原本肉肉的，手指也肥肥短短的。

在母親失智到這個地步之前，我沒有碰過她的手。大約是我四歲時，有一次想牽母親，可是當我把手伸進她手中之際，她突然「嘖」了一聲，用力甩掉我的手。那時候我下定決心，再也不要和她牽手。我和母親的關係緊繃，就從那時開始。

眼前是那堪稱粗暴地把我甩掉的那雙手嗎？那雙結實肥厚，看在我眼裡是暗紅色的手。我搖著母親的手，心想：母親渾身上下只有指甲沒有皺紋了；這雙變得單薄的手，只剩下皮包骨了。輕輕一搓，皮可以自由移動，可是皺紋比移動的皮更自由，到處都去得了。我想了一下該用什麼比喻？最後還是想不出來。原本粗肥的手臂，現在也瘦得像根棒子，上面還黏著一層皮。不過這稱不上皮，而是皺紋了。藍色的靜脈就緊貼著皺紋延伸而去。

可憐的母親，靠著這雙手，一路不曾依靠別人，完全是靠著這雙手活了過來，一直到變成現在這樣。

我的淚水滾出了眼眶，接著想起了往事。

在回家的車裡，我持續哭個不停。進了家門後，反正沒有半個人，我就窩到床上繼續哭。怎麼哭都哭不停，只好哭著打電話給阿櫻。「你是怎麼啦？」「我今天去看我媽，剛回來，我做了好過分的事啊！」「什麼事啦？」「我媽很愛說謊。」「說什麼謊？」「我跟你說，她謊報學歷呢！」「啊哈哈，不是什麼大不了的事嘛。」「可是我不喜歡啊，一直很反感。她總是噘起嘴巴神氣地說她是念府立第二高等女中的！其實她念的是私立女中，明明也不是什麼講出來會丟臉的學校。還有，住的地方她也說謊，我們明明住在牛辻柳町，她起初只是騙說住在牛辻，後來不斷升級，接下來說四谷，到最後竟然變成町耶！」「啊哈哈……」「小時候有一次我說，『媽，你說謊』，結果她居然說『你這孩子真討厭，怎麼就不懂說謊也是一種方便呢』，還賞了我一記耳光呢！」「嗯……」「還說我跟我爸很像。」

父親的手，肉很薄、又平又大。在嚴冬的北京，地面都結凍時，父親會用他的大手代替手套，緊緊包著我的手，放進他的大衣口袋裡，就這樣一直握著。

那時天寒地凍，冷到腳尖都失去了知覺。我凍得快哭了，不斷念著：

「我的腳，我的腳……」父親說了一句：「笨蛋，要忍耐。」卻也一直緊握著我的手。我和父親外出時，總是手牽著手。我隨時都能想起父親的手摸來又平又薄又寬廣的觸感。我從來沒有和母親外出過。

後來我漸漸牽不到父親的手，在他五十歲的時候，他帶著那雙依然又薄又平的手過世了。那時我十九歲，母親四十二歲，家中有四個孩子，最小的妹妹七歲。我們原本住的是公家宿舍，父親死了，我們連住的地方也沒了。

「後來我長大就一直沒有在她身邊。不過，我真的很討厭我媽。」「我知道啊。」「她七十幾歲的時候不是來我家住嗎？有一天我不曉得哪根筋不對勁，居然開口罵她，罵得很凶，罵到她無路可退喔！」「我知道啊。」

「我一直責怪她，為什麼？為什麼？為什麼要那麼虛榮？我媽哭著說『因為我自卑嘛』。」

母親說完走回自己的房間。我有點擔心，明明把人家罵哭還擔心，過了一會兒我打開母親的房門一看，母親斜坐在床上，用罩衫的下襬掩著臉，依然在哭泣。母親哭著說：「怎麼樣也沒必要在別人面前這麼說我吧。」「他不是別人，他是我老公耶。」我邊說邊想「啊，她說得也對。」不禁覺得很對不起，不過我接著又想「你怎麼到現在還這麼愛面子呀。」

母親在別人家總是客客氣氣，言行舉止有氣質到令人難以置信，總是一副內斂低調的樣子。她從自己的家，也就是父親死後她自己攢錢蓋的房子，被她唯一的媳婦給趕了出來，住到我這兒。雖然母親嫁過來之前是在東京長大的，可是在那塊土地已經生活了幾十年，早就在那裡落地生根了。我覺得這樣的母親真的好可憐，她一天到晚都在打電話給那塊土地上的朋友，一個月的電話費高達六萬圓。看到帳單，我心想，也難怪她這樣，就打吧，不管十萬還是二十萬，儘管打吧，你這麼可憐。我對弟媳很火大，心情好的時候，我跟母親一起講她媳婦的壞話，所以我很瞭解母親的怨忿。可是，我絕對不允許說謊。

「你母親很了不起耶。」「就是啊，哇！」「母女之間就是這麼回事啦。」「可是那時候我已經五十幾歲了喔，驚人吧！你沒有過這種事嗎？」「我才不要跟你說。」「哎喲，說啦！」「我一星期會去看她一次，固定都在星期六，後來覺得有點煩，就跟我媽說我很忙，以後沒辦法每星期都去看她，我媽回說她明白了。後來過了十天左右，我有點擔心打了電話去，她聲音怪怪的，掛了電話後我直接過去一看，她發燒燒得很厲害，我火速帶她去醫院，就這樣……你等一下，我去拿面紙……」「後來呢？」「後來她就直接住院兩個月，最後在醫院走了……其實在我去之前，她的身體狀況就很差了，可是因為我說了那種話，她一直忍著……」

阿櫻在電話那頭泣不成聲，我也在這頭哭了起來。「……那時候你母親幾歲？」「八十二……」「這樣啊。不過，我比你更過分啊。你很愛你母親，還向公司請了兩個月的假，發瘋似地照顧她，拚命幫她擦身體不是嗎？」「可是，如果我沒說那種話，我媽說不定有救……或許就不會死了。」「像我呀，現在雖然在反省，也在哭，不過我媽說『因為我自卑嘛』

的時候，我竟然感到很痛快，你不覺得我很過分嗎？啊！討厭討厭，我也要拿面紙了啦！啊，面紙沒了。大家都做過這種事嗎？」「我跟你說，我們能哭還算是好的，有些人根本不敢面對這種事。」

後來阿櫻的情緒好多了，反倒是我掛斷電話後，情緒還是好不起來。我向母親說過的話，如湧泉般不斷地湧出來。

母親從靜岡的清水來我家住，我卻跟她吵架，還曾經大聲吼她：「你滾回去啦！」那時我從集合住宅的窗戶看著母親離去的背影，母親穿著褐色花紋的連身洋裝，頭低低的，步履蹣跚地走著，那時母親五十幾歲。我真是比畜生還不如。

我蒙著被子一直哭，但不管怎麼哭，我的罪過也不會減輕。雖然我在養老院的母親床邊跟她說：「對不起，對不起。」可是道了歉又有誰會原諒呢？我就不原諒我自己。我感到無地自容，徬徨無措，後來決定去北輕井澤，想說去把北輕井澤的房子門鎖好就回來，不料深夜抵達時發現暖氣壞掉了。

一直到第二天暖氣公司來之前，我待在新井家，那時只有新井太太在。

「天氣變冷了啊。天一冷，我就會想起一些往事。我上面是兩個哥哥，下面也是兩個弟弟，家中只有我一個女孩，剛好在正中間。我母親身體衰弱以後，我才去看她。去了一看，大冷天的竟然開著窗子耶。天這麼冷，我就把窗戶關了，然後問大嫂，窗戶開著不會冷嗎？大嫂回答：

『因為婆婆說，窗戶開著，貴美子來的時候才看得到，要我別關上。』還說窗戶已經開了好幾個小時，在等我來。她都已經臥床不起了，還是想看到我來。」

新井太太頻頻用雙手拭淚。我問：「你母親幾歲過世的？」她扳著手指算了算：「去年是十三週年忌，我今年是七十三歲……」然後又扳起手指算了算，過了一會兒說：「大概八十五、六，或者八十三吧。大概是這個歲數，應該沒錯。」語畢，又再拭淚。

2

二次大戰結束後六十年，不曉得是為了與過去做個區隔、反省還是自我辯護？電視經常播放紀錄片，有時會出現戰前的銀座景象。

男女都戴著帽子，穿的是昭和初期的西式服裝，非常端正而傳統。銀座路上有美麗的女性和戴著帽子的男士零零散散地走著。由於人數稀疏得恰到好處，可以看到銀座路邊的柳樹隨風飄揚的姿態，建築物華麗沉穩。那大概是一九三三、三四年左右吧。

話說，我家的相簿裡也有好幾張母親打扮成這種摩登女郎的照片。那是特地和朋友兩人或是獨自一人去照相館拍的照片，隨著時光流逝已經變成深褐色的老照片，正是大正浪漫的色澤。

錯不了的，母親曾是摩登女郎。

帽簷寬大的白色帽子斜斜地戴著，穿著裙襬下垂非常貼身的禮服。那時的摩登女郎造型過了幾十年依然摩登新穎，真是不可思議。

我看到自己七〇年代穿西式服裝拍的照片，覺得那時膽子怎麼那麼大，竟敢穿褲管那麼寬的喇叭褲，對趕流行的自己覺得丟臉，我想其他人看了也會替我感到難為情吧。

但是，那些摩登女郎、摩登男子的照片，不知為何穿西式服裝卻是帥氣的。感覺好像「銀座咖啡[1]」、「資生堂西餐廳」、「尾張町十字路口」已經聽過幾百次似的。

也有摩登男女一起去野餐的照片。摩登男子一身白色西裝、戴著巴拿馬草帽，四、五名男女在河邊的石頭上或站或坐，母親的鞋子搭配特別複雜。

看著母親早年打扮花俏的照片，我莫名感到些許怪異。

阿姨曾說：「我姊可是很愛化妝喔，每次都啪啪啪化個不停。當時我還是個小孩，覺得很好奇，有一次跑去她旁邊想看個仔細，惹得姊姊火大了，隨手抓起東西就扔過來！」

這一點，她一輩子都沒變。我小時候也覺得化妝時的母親特別有趣。

1・指日本第一家咖啡館，全名為Cafe Barista。一九一一年於銀座開業，賣的是巴西咖啡，當時「在銀座喝巴西咖啡」蔚為流行。

最後她總會搽上口紅，一定會緊閉嘴巴，發出「嗯嘛」的聲音，大功告成，判若兩人。

不過看到母親一九三五年左右拍的照片，我還是感到有些奇怪。父親和母親沒有舉行婚禮。母親神智還清醒的時候，對此一直忿忿難平。當年父親突然被派去外地赴任，母親隨後跟去和他結縭，因此沒能正式舉行婚禮，倒不是因為身分差異或家長反對的緣故。

那時的戀愛結婚發展的速度雖已快得驚人，不過更多也是因為母親若去相親，有著不利的條件。

這一點，阿姨應該也一樣，只是母親將不利的條件視若無物，阿姨則是照單全收，和那個條件共度一生。

據說，母親和阿姨小時候只要一吵架，母親一定會說：「我住在這——麼大的房子裡，像你這種人只能從後門進來喔！」母親有一張圓胖胖的大餅臉，阿姨則是像可口可樂瓶身的長臉，兩姊妹一點都不像。

不僅外表長相南轅北轍，兩人的個性也極端不同。

我和阿姨的感情很好。

二次大戰結束後，什麼化妝品都買不到了，母親還是經常搽口紅。即使穿著被單做的條紋工作服，住在田裡的時候，她也經常對著有裂痕的鏡子「嗯嘛」。那是一支黑色的小口紅，我後來知道是美國品牌MICHELLE。對我來說，那是一支永遠搽不完的魔法口紅。

我們姊妹聚在一起時，很奇妙地一定會聊起母親和阿姨的話題：「她們長得那麼難看，可是對容貌完全不自卑，為什麼啊？」

妹妹說：「老媽那張臉，在昭和初期可是很流行的喔。」經她這麼一說，我想起一張很出名的紅酒廣告海報：一個臉很圓、脖子以下挺著豐滿胸部的女人拿著一杯紅酒。

「要說像也有點像，但也不是豐滿就好吧。」「所以是老爸這個鄉下人搞不清狀況，以為在東京只要是胸部大的就是美女了吧？」「那阿姨呢？她瘦瘦高高的，臉長得像把收起來的雨傘。」「可是她似乎也覺得自己很受男人歡迎耶。話說男人也真辛苦，因為沒地方可以讚美，只好讚美局部。阿姨就曾經說過『有個男人讚美我，說我的眼白會發光，看起來很性感』。」「我還是第一次聽到有人讚美眼白呢！」「阿姨不但臉很長，後腦勺還如懸崖峭壁呢！也有品味另類的男人跟她說『良子小姐的頭型很好看』。居然稱讚看不見的地方，這也太酷了。」「可是阿姨現在也覺得自己的頭型很好看喲。」「那兩個人毫無客觀性可言啊。阿姨的嘴巴可是跟加藤清正[2]一樣大，一張臉有一半都是嘴巴。」「明明是個醜八怪，卻覺得自己很受歡迎，能這樣過一輩子真的很幸福啊。」「沒錯沒錯！」

母親來東京的時候，經常住在玄關旁的榻榻米房間。我兒子說：「外

2・加藤清正（一五六二～一六一一），安土桃山時代、江戶時代武將和大名，為初代熊本藩主。據傳加藤清正的嘴巴很大，可以放入一個拳頭。

婆的房間有一股外婆的味道。」「外婆是什麼味道啊？」「化妝用的白粉味。」

只要她多住個幾天，我們一定會吵架。母親說：「你說那種話，一定會有報應。」然後拿著面紙擤鼻涕、擦眼淚，走進榻榻米房間裡。因為太久沒出來，我也不免擔心，於是跟兒子說：「你去看看外婆。」兒子出來後，我問：「她在幹嘛？」「在化妝。」對母親而言，化妝就等於生存吧。

我發現母親失智的程度明顯惡化，是在她來到我家半年以後。

同樣的口紅，居然有兩支新的。小妹說：「老媽在化妝品店被匡了。」她出門時，錢包放了一張萬圓鈔票，回家時只剩一千圓左右，實在詭異。

「可能她還買了別的東西吧。」「沒有喔，我去豆腐店的期間，她只去了化妝品店。」

有一次我故意跟蹤她，她去買化妝水時，我在外面等，結果只找回零錢。於是我走進店裡，對老闆說：「老闆，我媽給了你一萬圓喔。」老闆默不吭聲，把五千圓甩在收銀台上。母親對錢的事向來精明，現在竟然連買東西被騙都不知道。想到這裡，我真的很難過。

如今她在已沒有半個熟人的東京街頭，「銀座咖啡」和「資生堂西餐廳」也消失了。

那時候，母親的下肢關節會積水，看來很痛。在清水時，她常常請人幫她抽出積水，然後貼上貼布。剛好我家附近就有一間骨科，只要出了家門口，直直走到第四間就是了。母親也曾說：「這麼近真是太好了。」但是有一天，我發現母親呆呆地站在我家門口的轉角處，一直站在那裡。母親在家門口迷路了。

母親剛搬來時，我曾買一輛手推購物車給她，只要蓋上蓋子就能變成椅子。「往那邊去有個公園，櫻花正在盛開，你可以推著這個去散步。」「我才不要，這樣看起來像個老人。」母親一次也沒用過。我很想跟她說：「你本來就是老人呀。」可是她實在愛面子，我就沒多說了。

母親剛住進養老院的時候，健康狀況不錯，還會跟著人家去散步。到了晚餐時間，她會盛裝打扮，戴上項鍊，妝化得很漂亮。

比起之前一個人孤單待在家裡，看起來有活力多了，是個乾淨整潔的老太太。妹妹也會帶她上美容院染頭髮。那家養老院只有二十六間房可以入住，環境整潔雅緻，硬體設備也很好。可是我討厭母親站在養老院的花盆前送我，一直站到看不見我的車子為止，因為我就成了把老母丟在「棄母山」的女兒。

母親和隔壁房的人很快就熟絡起來。我去看她時，她總是和隔壁的佐藤太太在喝茶，看起來很開心。佐藤太太說：「我兒子去了荷蘭，很難來看我。他在阿姆斯特丹。」母親說：「啊，我也去過耶。」我心想，你才沒有去過什麼阿姆斯特丹，但這時我已經不知道她是痴呆還是愛面子了。再下一次去的時候，佐藤太太說：「我女兒在美國，很難來看我。」

我也分不清她是痴呆還是愛面子。佐藤太太和母親同齡，神智看起來比母親清楚些。

過了一陣子，有一次我在母親的房間裡，門口有人說：「佐野太太，我是佐藤，可以進去嗎？」結果母親繃起一張臉，手在臉前揮來揮去：「我在睡覺，跟她說我在睡覺。」於是我稍微開了一點門：「佐藤太太，不好意思，我母親在睡覺喔。」「哦，這樣啊。」佐藤太太說完轉身就走了。我看著她的背影，大吃一驚。住在這裡的人，每個人背影都一樣。「她老是煩我，囉唆得要死，老是在炫耀。」媽，你自己還不是一樣，為了炫耀還不惜說謊呢。不過我能明白人為什麼要炫耀，女人的一生可能就是以虛榮和炫耀為軸心，再彼此裝作若無事的社交往來吧。

打開母親的衣櫃，裡面掛滿了明亮花俏的洋裝，小櫃子裡整整齊齊疊放著襯衫和毛衣，她真是收納整理的高手。

三面鏡梳妝台上，擺了比我足足多五倍的化妝品。去餐廳用餐之前，她一定會坐在三面鏡梳妝台前重新上妝。

母親對金錢已經完全沒概念了。一般來說，失智者都會經過大呼小叫說存摺不見了的階段，母親卻完全跳過。

任何時候，母親的服裝打扮總是一絲不苟，然而她的品味實在庸俗。

母親還健朗的時候，曾經開心地對三個女兒說：「我死了以後，你們三個會爭奪我的衣服吧。」當時我默不吭聲，心裡想著：「拜託，倒貼我錢我也不要。」現在想想，母親的穿著很適合她。

從養老院回來後，我總是心情低落，感覺像去「棄母山」參觀了一趟回來。我把為自己老後存的錢全部花在這座棄母山。每個月我要付一筆比我生活費還多、貴到離譜的天價給這座棄母山。

可是，除此之外，別無他法。

除了我以外，我不知道還有誰把這麼多錢花在自己的母親身上。養老院的工作人員告訴我，住在這裡的人都是花自己的財產，由兒女負擔費用的只有我。我想，這是我憎恨母親的代價。

阿姨說：「洋子真是孝順的女兒啊，姊姊很幸福。」「那麼，阿姨，如果太郎出錢讓你去住，你願意在我媽隔壁的房間住到死嗎？」我這麼一問，阿姨笑了出來：「我才不要呢。」連我也知道，這才是真實的想法。

如果我愛母親，就算我不這樣花錢也不會覺得怎麼樣吧。就算把母親送到我知道的那種沒有隔間的特別養護中心，我的良心也不會受到譴責。因為我沒愛過母親，愧疚感逼得我不得不挑最高級的養老院。

母親的失智症時好時壞，但確實進展著。

有一天，母親的長相變了。

走近一看，她眉毛畫了七、八條。母親已經不知道她化了七、八次妝了。

3

我第一次發現母親心胸狹窄、很沒自信，是在她七十七歲，我帶她去歐洲旅行的時候。

我認為母親很愛玩，經常外出旅行。之所以說「我認為」是因為我們沒有住在一起。她的旅遊照片多得像山一樣，和我不認識的人的合照也多如牛毛。但我不想知道她和照片裡的人是什麼關係，我對母親的事完全沒興趣。

不知道她什麼時候去了中國，也去過台灣，曾計畫義大利旅行，只是因為某種原因未能成行。好像也打算去歐洲，但她不是那種能自己獨立外出旅行的人，必須有人陪著。

我想住在北京時，是母親最幸福的時光。

那時家裡的地板房間有個溜滑梯。有一張照片，哥哥在院子裡開著英國製的玩具敞篷車。父親為我們闢沙堆遊樂場，也做了鞦韆。怕我們掉下來，還把鞦韆做成箱子狀。父親的手很巧。那時我們還有幫傭。

我猜我的衣服大部分都是父親買的。為什麼這麼說呢？因為品味和母親不同，例如黑底綴著小紅圓點的羊毛連身洋裝就不是母親的喜好。那時候約是母親二十五到三十歲之間，我猜母親的衣服可能也是父親買的或訂做的。我穿過幾件中式服裝，其中一件是灰色的格子圖案，我現在也好想穿那件衣服。

那時在北京，我們家也過著統治殖民地的「壞蛋」生活。

我年幼時代最初的記憶，是被泥牆包圍著、有小孩的汽車跑來跑去的中國式庭院，我還記得「口袋胡同16號」這個地址。母親說我們在那裡住了「將近七年」，但我想頂多只有五年半。對父親和母親來說，那可能是新婚時代的延續吧。那時，我只見父親和母親吵過一次架；那時，母親不會對小孩歇斯底里亂發飆，我也沒被母親罵過。

我每天和大我兩歲的哥哥雙胞胎似地黏在一起，這就是我生活的全部。母親不曾抱過我，那時我就隱約感覺到，母親溺愛哥哥，而父親喜歡我。

這種情況並沒有對哥哥和我產生任何陰影。在這段日子裡，弟弟出生了。後來另一個弟弟也出生了，但這個弟弟在出生後第三十三天，鼻子流出像混著渣滓的咖啡般的液體，死了。他就在我眼前流出酷似咖啡的東西。為什麼年紀那麼小的我記得三十三天？因為母親在葬禮上哭著對每一個人說：「這孩子只活了三十三天。」

二次大戰結束那年的三月，因為父親的工作調動，我們搬到了大連。敗戰後的兩年，我們的生活過得非常悲慘。等到我長大後雖然能去中國了，可是一想到曾經被當作「壞蛋」的日子，我的心情太複雜以至於未能成行。倒是母親在一開放的時候就去了，這很符合母親的作風。

我不知道中華人民共和國是如何讓母親感到滿意。

總之，北京的生活成為母親炫耀的題材。想到母親噘起嘴巴、裝模作樣向別人提起當年在北京生活的德行，我就感到羞恥。但想歸想，我並沒有跟她說。長大後，我幾乎沒和母親說過話。我一直覺得說了也沒用，也不想說。

反正不管說什麼，她都會大呼小叫：「才沒有這回事！」

大妹非常懂得見機行事，小妹則活在母親的掌控下。

我會岔開雙腿、雙手叉腰，站在母親面前，心中就像笨蛋武士那樣，一副拿著長矛打算跟她對決的架式。但笨蛋武士上了年紀後，對自己無法愛母親產生罪惡感。我們母女倆最相安無事的時期，是我結婚後、疏遠她的二十年。每年母親節，我都會買和服布料送她。現在回想起來，那些花色都不是母親會喜歡，而是我喜歡的，單純只是自我滿足。後來我發現，母親從沒穿過我送她的和服。更後來我才知道，她把那些布料都送人了。

每次見到我們，母親都會說別人家的女兒多孝順。譬如誰誰誰的女兒為她出了和歌集，又譬如某某某的女兒帶她去泡溫泉。

我們都在背後笑她：「真敢說。」

可是我在母親六十歲的時候，跟妹妹商量：「我們來幫母親出本和歌集吧。」「我才不要呢！她的詩寫得那麼爛，我會丟臉到昏過去。」總之妹妹毫不留情地駁回了。現在回想起來，當時就算只有我一個人，再怎麼丟臉，也該幫母親出。

母親七十歲的時候，我想帶她去歐洲旅行，於是找了住在奈良的大妹商量，結果大妹說：「我才不要呢！我才不要一直跟媽在一起，我可不去！」然後寄了一點錢給我，小妹則答應一起去。我不想和母親兩人單獨相處，要是小妹也拒絕的話，我就不去了。

母親打了好幾次電話來。「喂，鞋子是什麼牌子來著？」「銳跑（Reebok）。」「啊？銳什麼？」「銳跑。」母親難得不懂就乖乖問。這趟旅行是跟旅行社的團，歷時十五天，從德國的浪漫大道一路到法國巴黎。雖然旅費昂貴，但這是我愧疚的代價。

季節是十月，浪漫大道美得不得了，城堡在紅葉中若隱若現。母親拿出筆記本，每當巴士停在一座城市，她就問：「喂，這是什麼城市？」「海德堡。」「海？海什麼？」「海德堡！」呵，母親很認真，規規矩矩用片假名寫在筆記本裡。無論多小的城市名稱，她都會寫下來。說不定，那時候母親對自己的記憶已經沒信心了。

母親很快就和同團的人變成朋友。擅長社交，個性開朗是她的長處。才跟人家成為朋友，她立刻噘起嘴巴炫耀：「這是我女兒為了慶祝……」「哎呀，您的女兒真孝順啊。」我在旅途中一臉不爽地將雙手插在口袋裡，和母親保持距離，走得很快。妹妹就像演戲般，一直扮演乖巧的女兒。不知道為什麼，妹妹在人前總會特別扮演電視裡的那種好人。

同團的人想必對我們感到好奇，也覺得有趣吧。姊姊總是一副高傲的態度，晃著肩，不跟母親說話；妹妹總是悉心照顧母親，走路時還會挽著母親的手臂說：「那裡有石頭，要小心喔。」或是「不要緊吧？」細心呵護著母親。在外表上，妹妹比我矮一點，長得比我漂亮，待人親切，給人很好的印象。

可是到了晚上，妹妹精疲力盡，脾氣就會變得不太好。

母親吃晚餐時，一定會把妝化得很漂亮，戴上項鍊，穿上花朵圖樣的連身洋裝，連高跟鞋都帶來了。

然後端莊地坐好，自然地使用刀叉，簡直像個素有教養的小女孩，雖然有點緊張。這是我第一次看到這樣的母親。

說不定，她其實不是那麼強悍的人。

我寄了不少風景明信片給奈良的大妹，於是母親也在旁邊寫起明信片。我完全不想知道母親寫了什麼，寄給誰。我在寄給妹妹的明信片裡，最後一定會寫上一句「媽很乖」。

有時我會問母親：「我要寄明信片給美子，你要不要寫一半？」母親說：「也好。」然後以彎來彎去忸怩作態的變體平假名寫了感傷的文章，最後署名「母親筆」。母親寫的信總是帶著感傷且戲劇性。原來寫信能讓人變成另外一個人，實在令人毛骨悚然，或者應該說噁心吧。結尾的「母親筆」三個字，成了這場戲的最後高潮。

因為妹妹說：「我很討厭看到媽信上署名的『母親筆』，噁心死了。」於是我說：「咦！你也這麼覺得。真的很討厭，看到那個『母親筆』，我連信都不想看了。」真的有時候就不看了。在明信片上的「母親筆」後面，我只用大大的字再度寫上「媽很乖」，然後貼上郵票就投入外國漂亮的郵筒裡。

巴士進入瑞士境內，簡直像來到了《小天使》阿爾卑斯山的少女故事場景。小而雅緻的飯店蓋在山腰，我們下榻在這裡。在離飯店有點距離的地方下車後，蔚藍的天空下是覆蓋著皚皚白雪的阿爾卑斯山，氣勢雄偉地橫亙在眼前，羊群散落在整片延伸而去的草原上，看得到遠處有牧羊人，再往後方看去有可愛的房子，美得像一幅畫。太過通俗的阿爾卑斯山的少女風景畫。

母親站在旁邊倒抽了一口氣。

「啊——我，最喜歡，這裡！啊——真的好喜歡！太美了！」過了一會兒又說：「啊——好幸福，我死而無憾了。」

那時我雖然一臉不爽，但內心暗自想著：帶她來是來對了。

那一瞬間，母親是真心感到幸福吧。

旅途中，母親乖巧、一臉純真地吃著西洋料理，沒發半句牢騷。媽很乖。

然後，第一次具體發生了「咦？該不會……」的小事件。

坐巴士時，母親慌慌張張地不曉得在翻找什麼，突然大叫：「請停車！立刻停車！」「怎麼啦？」「反正停車就對了。」隨車導遊感到很為難，但終究還是屈服於母親非比尋常的壓力下，停車了。我記不清那是在城裡，還是剛離開飯店時的事。母親說：「讓我下車，把放行李箱的地方打開。」身材肥胖、毛髮濃密的德國司機下車去，打開了巴士的側身。

母親在路上打開行李箱，裡頭的東西放得非常整齊。「找到了！」是化妝包。母親抓起化妝包，關上行李箱，大剌剌地走回巴士裡。車上的人都大吃一驚，我和妹妹則是很憤怒。

不過回想起來，母親好幾次好幾次把東西放進行李箱又拿出來，那時候，母親可能已經對她的記憶沒信心了吧。當時我覺得，一路上表現得很聽話的母親突然又恢復了她一貫的蠻橫。生性膽怯的妹妹此時的焦躁或許已到達頂點了。

終點是巴黎，住的是麗池飯店（Hôtel Ritz Paris）。聽說在麗池飯店，日本人的巴士總是停在後面，從後門口進入，原來是真的。

我整個火氣都上來了，母親卻像溫馴的狗一樣，乖乖地從後門進去。

這是我們這趟旅程的最後一間飯店，母親說她不吃晚餐，然後從行李箱拿出裝有白飯的盒子，以及梅乾和昆布做的佃煮。

「咦？居然還帶了這種東西來？」我們大吃一驚。母親把雙腳搭在椅子上說：「啊，輕鬆多了。」接著用熱水沖茶泡飯：「哈哈，日本人果然還是要吃這個呀。」然後真的一臉高興地狼吞虎嚥。

我和當時的同居人還有兒子，約好要在巴黎會合，接著一起去摩洛哥，所以在麗池飯店和母親與妹妹道別了。

回程的飛機裡，母親完全變回以前的個性。後來我聽說，妹妹在成田機場重重跌了一跤被送去醫護室，我覺得很對不起她。因為我一路上總是一臉不爽地把手插在口袋裡，和母親保持距離，晃著肩走路；而妹妹就算不情願，也會笑著面對。

母親的腦袋裡究竟裝著什麼？

那已是兩年前的事。有一天，母親摸著我說：「洋子，你活著呀。我和你之間，發生過必要的事，也發生過不必要的事啊。」

4

父親過世的那天，是我十九歲那年的一月一日。他臥床不起兩年了，但到最後都不知道生的是什麼病。

他就是覺得很累，一直瘦下去，最後幾乎是瘦到皮包骨死去，就像奧許維茲集中營的猶太人那樣。昏睡狀態持續了一天半，在那之前，他還能自己上廁所。那時我在準備重考，二月要考試，放寒假回到家裡，看到父親的瞬間我就想：啊，爸快走了，他的眼睛呈現黃褐色透明狀，我覺得他是在等我。

父親想在我身上看到超出我實力的表現，這對我是很沉重的負荷，但我還是走上父親鋪好的路。那時候，女生去念大學很罕見，重考更是少之又少，我不知道現在情況如何，當時藝大的設計科競爭非常激烈，重考是不意外的。可是父親的腦袋裡，我只有藝大這條路。

那時父親已經發不出聲音，只是看著我的眼睛，我感覺到父親的眼睛只傳出一個訊息：要考上藝大喔，今年一定沒問題。

除夕夜的深夜兩點，父親過世了。父親的堂兄弟和我守在他身邊，醫生在隔壁房間打盹。父親死去的瞬間，我在想什麼呢？我如釋重負，鬆了一口氣。啊，這樣我今年就算沒考上藝大也可以輕鬆點了。

母親就像電影裡的那樣，跌跌撞撞地爬過來，趴在父親身上尖叫：「親——的！親——的！親——的！」她想說的是「親愛的」，簡直像在演戲，甚至比演戲更誇張，不過這不是在演戲。後來阿姨說：「你知道我是強忍著才沒笑出來嗎？」人在最嚴肅的時刻，不知為何會想笑，可是母親哭喊「親——的！親——的！」不是在演戲。

沒有人認為父親會有救。我猜母親也每天惴惴不安，心想會不會是今天？會不會是今天？除了十九歲的我以外，下面還有三個孩子要養，最小的妹妹才七歲。大家都來了，今後該怎麼辦呢？周遭的人似乎比我們家的人更擔心我們的將來。有個前來弔唁的人對我說了短短的一句話：「你就別考大學了，去工作吧。」父親是個地方公務員，房子是公家的，孩子又多，不可能留下什麼錢。

葬禮結束後一星期，母親對我說：「你回去吧。」貧困的補習班同學們紛紛寄了信還有微薄的奠儀來，母親說：「你這些朋友真好啊。」我現在才意識到：「啊，原來母親也會說肯定的話。」這和「你回去吧」到底有什麼關係，我到現在還是搞不懂，當時我想的是，母親可能知道我受不了和她住在一起吧，在已經沒了父親的家裡，我確實會成為母親難以招架的女兒。還是說，這是父親的遺志呢？

後來母親說，父親生前曾教她如何當寡婦。他說寡婦有兩種，一種是每天哭哭啼啼、把寡婦的哀怨寫在臉上；另一種則是每天拚命奮鬥。母親大概是靠著不服輸的鬥志與虛榮心，努力克服生存的艱難。不過我認為，即使父親沒有教她，她也會這麼做吧。

父親過世不到一星期，有一次我和母親兩人獨處時，她說：「這麼說有點過意不去，不過你爸爸過世後，我覺得好像卸下了心上的石頭。」就母親而言，她說的是真實的感受。

我也坦率地認為，是啊，應該是如此吧，因為我自己也鬆了一口氣。即使我和母親都不因父親走了而高興，但我們還是鬆了一口氣。

父親過世時，弟弟才在念高中，他用髒兮兮的拳頭拭淚，不斷把淚水塗得滿臉都是。我看著弟弟，內心想著：「弟弟啊，父親死了真的太好了對吧。」真的是感慨萬分，「你很了不起喔，居然哭得出來，明明被爸爸虐待成那個樣子。」父親有一種殘酷的瘋狂，他把這種瘋狂集中施加在弟弟身上。對父親而言，家裡的孩子應該都是秀才，理應如此。弟弟拚命忍耐，一件壞事都不敢做。弟弟很喜歡小動物，他曾經細心養著虎皮鸚鵡，後來愈生愈多。那是父親身體還健朗，弟弟念小學五、六年級的時候。父親在院子做了一個好大的鳥籠，張好鐵絲網，弟弟拚命想幫忙，結果都是幫倒忙，被父親罵得狗血淋頭。

「我就說嘛，你是個笨蛋，讓開！」「笨死了！」弟弟哭了，不過他還是很高興。鳥籠做好後，父親心情大好，說：「這樣就算養了幾百隻也沒問題。」從那之後，弟弟每天都在鳥籠那裡待到天黑，光是看著鳥兒拍動藍色或黃色的翅膀飛來飛去，就看見了小小的天堂。

後來颱風來了。隔天清晨，天空藍得不像話，可是弟弟臉色大變，原來鳥籠被整個吹倒了。

弟弟進入倒掉的鳥籠裡，空虛地將手舉向上方。

鳥兒早已是一隻不剩了。父親說：「笨蛋！難道你以為有鳥會不飛走嗎？」但我覺得是父親的錯，不該做出風一吹就倒的大鳥籠。

父親過世的第二天，弟弟的日記本攤開在桌子上。上面寫著一行：「爸爸死了，我很高興。」

比起母親，我更愛父親，看到弟弟醜醜的字，我真的好難過，但是想到弟弟，我也覺得爸爸死了真是太好了。

之後我返回東京，參加考試、落榜，去了落榜者念的學校，從那時候起，我就離開了家。

我猜這段時期是母親生涯中最奮起卻也傷痕累累的戰鬥歲月。原本一個平凡家庭主婦變成市立母子宿舍[3]的舍監。之前有個年邁的男舍監，但不久就換母親當舍監。

「你啊，一點忙都幫不上。」

母親發牢騷，但她根本沒有找我商量過工作的事。我和她向來意見不合，跟我說可能只是徒增困擾，實際上我也幫不上她任何忙。

「老爸和渡邊老師說不定是同志喔。」長大後，妹妹和我經常談起父親的老朋友渡邊老師。

「應該不是同志啦，不過男人愛上男人，我親眼看到也只有那一次。」

「我跟你說，老爸死的時候，老師在牌位前放聲大哭說：『利一，你怎麼死了啊！』我覺得老師比死掉的爸爸更可憐。」「可是姊姊，那時候你還竊竊地偷笑吧。」「因為老師的拳頭，橫掃般揮來揮去啊。」「我是被老師那驚天動地的哭聲嚇到，真的嚇傻了呢。」「我覺得有一次師母還吃起老爸的醋呢。」「要是沒有渡邊老師，我們都上不了大學啊。」

渡邊老師不曉得動用了什麼關係，從父親的中學、浦高、東大、滿鐵、職場、還有父親的學生，以及其他所有人脈那裡幫我們募集了助學金。我不知道究竟有多少錢，但有一點我很清楚，光靠我自己是不可能念完大學。老師身材高大、嗓門很大、臉也很大，一頭濃密的鬈髮有如波浪，喝醉就會用德文唱《菩提樹》。他用比父親更充滿慈愛的眼神關懷

3・喪偶或離婚的女性為家長的單親家庭，尤其有幼年子女沒有親屬可照料者可申請入住的機構。子女由機構照顧，以便母親工作。孩子就讀幼稚園或小學，機構供膳宿，僅收低廉費用。

了我一生。

老師過世前兩年，有一次我去看他，他對我說：「洋子，我變笨了喲。」原來他開始失智了。一個失智的人，會說自己變笨了，只有老師而已。那時候我難過的心情，可能是父親的感情變成基因遺傳給我了吧，我也愛上老師了，將他視為一個男人，一個人，一個丈夫，一個父親，愛上了他。如果世上出現和他一樣的人，我會嫁給他。如今我才意識到，到了六十七歲，我才知道我理想中的男人是怎樣的人。

大妹也去考大學，一心一意要離開母親身邊，於是去念了京都的大學。小妹從當地的保姆學校畢業時也想離開母親，但是她膽子太小，不敢直接跟母親說，而母親也想把唯命是從的小妹留在身邊。這時大妹像蝙蝠俠一樣從天而降，想解救妹妹脫離母親的魔掌，結果弄得一片混亂，哭哭鬧鬧。這時膽小的小公主哭了出來：「不要！不要！如果要弄到吵架的地步，我放棄。」幹勁十足的蝙蝠俠後來說：「真是夠了，那孩子就是這樣，沒救了。」最後，小妹也離開了母親。可憐的母親。

母親的身邊只剩下弟弟。

父親過世第六年，在我不知情的情況下母親蓋了房子。父親走時，我們家可是連半坪土地也沒有。沒人知道，母親在父親死後買了土地，後來母親把一半的土地賣掉拿來蓋房子。

真厲害啊！我不得不佩服她。

但是，我和妹妹們都沒問那筆錢是從哪兒來的？至少我不敢問，我怕那筆錢是老師為我們募來的學費。那如今依然是個謎，我現在依然不敢面對真相，也說不定是父親生前買了保險的身後給付金。

一定是這樣，是這樣沒錯。

也有可能是退休金。嗯，沒錯。

不管怎樣，對母親而言，那是一棟充滿執著與自負的房子。

住了二十年後，母親被媳婦趕出自己的房子。

弟弟結婚後，母親經常打電話來，又臭又長地跟我說媳婦的壞話，還曾經為此跑來東京找我。奈良妹妹那裡也是同樣的情形，我們都沒耐心聽她說話。三個親生女兒都從家裡逃出來了，媳婦想必也很辛苦吧。

弟弟夾在中間，一定也吃盡了苦頭。

母親退休後，婆媳關係更是每況愈下。

我真的是受夠了。

有一次，母親來我家，把女兒們都召集過來，奈良的妹妹也趕來了。我那房子可是剛用三十五年的貸款蓋好的，而且一年前，我才離婚。

那時母親轉過身來對我們說：「我決定住進養老院。」她連地點都找好了。

我說：「我這個房子還能加蓋三坪大的房間，你來住我家吧？」結果她說：「你家客人那麼多，要是玄關和廚房不分開的話，我才不要來住呢！我也是有隱私的。」我聽了快昏倒。

「可是媽，我們是一家人，住在一起不是很好嗎？飯也可以一起做呀。」母親氣得睜大眼睛：「我問你，你是想讓一個老人家給你當女傭嗎？」說是老人家，那時她也才六十出頭。

奈良的妹妹也剛從集合住宅搬到一間相對寬敞的房子。「媽，搬來奈良如何？我家還有一個空房間。」母親說：「我才不要呢！你那個老公悶死了。」妹妹也閉嘴了。

「總之，我要去住養老院，還差四百萬圓。」「這樣真的好嗎？」「當然好，我已經決定了。」我們三姊妹上二樓商量，不到一分鐘就把錢分配好了。當我們噠噠噠地下樓跟她說：「媽，放心吧，錢沒問題。」母親一聽，哇地哭了出來。「到了這把年紀，居然要被女兒送進養老院……」

頓時，我們全傻住了。

隔天，我十二歲的兒子說：「外婆是希望你們能挽留她啦。」

昨天，母親背對著我睡，她的眼睛下方有了黑眼圈。

「媽。」我靠近她臉旁叫了一聲，她只忿忿地轉動眼珠子：「你的臉太大了啦。」對不起喔。她依然背著我，我說：「我們走吧。」「去哪兒？」

「你可以住在我家旁邊。」

5

二次大戰結束那年，母親三十一歲，已經是五個孩子的媽媽。

哥哥久史九歲，我七歲，浩史四歲，忠史兩歲，肚子懷著妹妹。

雖然那是鼓勵生育的年代，但是在等著遣返船的收容所裡，只有我們家是有五個孩子。說起來有點嚇人，戰後，在連食物都匱乏的海外，母親不久又懷孕，生下小妹。我後來聽說，母親是在遣返時懷上的。我實在不懂父親到底是怎麼樣的人。徵兵時體檢丙等，瘦得皮包骨的父親是野獸嗎？說不定真的是。

我們這四個小孩已經會走路，每個人脖子上都掛著同樣的手套，哥哥的是由母親織的，八歲的我織了其他三副。母親一教，我就歡天喜地地把手套織好了。八歲耶，我覺得自己簡直是神童。我可能把我所有的優秀稟賦在小時候用光了。既勤勞又順從，只幹過一次壞事。

勇敢，有耐性又機靈。比方說，父親才把菸掏出來，我就已經跑去幫他拿菸灰缸了。而且也不會頂嘴。

比方說，天色完全暗下來以後一個人去買花生。我是瞇著眼睛走去的，外面有時只聽得到喝醉的蘇聯士兵的聲音，沒有一個日本人走在路上。我覺得我簡直像前線的士兵，要是有人下令，我連命都會獻上。

更小的時候，父親說要報紙，我能聞著油墨的味道，抽出當天的報紙拿給他。那時候母親的脾氣很好，我則是堅強又勇敢的孩子。不知道為什麼，父母會選我當跑腿的，而不是哥哥。

戰爭結束兩年後被遣返時，在遣返船上，我負責照顧四歲的弟弟忠史。那是一艘貨輪，底艙擠滿了人和貨物，只有甲板上有廁所。我牽著弟弟的手，穿過人群和貨物，登上像繩梯般搖搖晃晃的樓梯，小心翼翼地挪步，以免在結滿冰的甲板上滑倒。到了廁所，把露出整個屁股的弟弟抱在前面，讓他上廁所。

我這個弟弟是個勇者，一聲都沒哭過。眉毛上有個旋，活像兒童版的西鄉隆盛[4]。他是個嘴唇緊閉、沉默寡言的孩子。至今我還記得，牽著他小小的、柔軟的手的感覺。

為什麼不是哥哥，而是我呢？

對我而言，二次大戰結束後在國外的那兩年混亂時光，感覺像是有光粉從天而降。

母親失智、失去大部分的記憶後，我才意識到，這世上記得小西鄉隆盛的人，只剩我一個了。哥哥在遣返後的第二年死了，忠史在遣返後的三個月便過世了。妹妹們對他們都沒印象，因為當時她們一個是嬰孩，一個還沒生出來。

4・西鄉隆盛（一八二八～一八七七），江戶末期（幕末）的薩摩藩武士、軍人、政治家。在江戶無血開城時，把明治天皇從京都送入江戶城，並在大政奉還的旗幟下參與掃除幕末保守反對勢力的戊辰戰爭，為明治維新奠定堅實的基礎。與大久保利通、木戶孝允被譽為「維新三傑」。

忠史死前兩天，大弟浩史在父親老家的養蠶房間裡，發燒燒得好像快不行了。

那是天氣良好的五月，我帶忠史去田裡玩。一直到前一天，我只要把田裡的蝌蚪放進帽子裡，忠史就會開懷大笑。但那一天，他罕見地只是坐在石頭上發牢騷，說他想回去。我生氣地用力拉起他的手，好不容易抓到這麼多蝌蚪要給他，他居然要回去。兩天後，忠史變成一具小小的屍體。

他去世那天，伯母等親戚聚集在廚房說：「我還以為死的會是浩史呢。」

在我的印象中，母親並沒有為忠史之死哀痛悲傷。就連葬禮那一天，我另一個弟弟看起來也快不行了。

當時母親三十三歲。

死了一個小孩，還有四個孩子。父親沒有工作。

當時母親三十三歲。

父親和母親開始會爭吵。父親之前就在本鄉[5]買了一棟房子。可能是還住在國外的「壞蛋時代」，想說總有一天要回日本而買的吧。那棟房子借給父親大哥的女兒夫婦住。父親在家中排行老七。母親當然想回東京，於是想請大伯的女兒夫婦搬出去，但父親遲遲不敢對他的大哥開口。

5・東京文京區的一個町。

父親死後，母親一次次反覆叨唸：「你們那個父親，為什麼就不敢跟大伯說呢？我實在搞不懂。」父親在東京有好幾份工作可做，但沒有地方住。

妹妹和我長大後，曾經義憤填膺地說：「在鄉下，只有長子是人，其他都跟畜牲沒兩樣。大伯父到死都是個壞人。」我也覺得以一個活生生在眼前的壞人來說，伯父算是最高等級。擺個臭架子，簡直就像兒玉源太郎[6]，有夠臭屁。他好像還當過村長之類的，可看在我眼裡，他就是個搭霸王電車的人，只要在剪票口挺起胸膛，咳咳咳地乾咳幾聲就混過去了。

父親一走，他就立刻用毛筆寫了封信來斷絕關係，可能是怕我們四個沒了父親的孩子會哭著去投奔他吧。父親學生時代曾是左翼分子，被特別高等警察[7]盯上，所以他什麼都不敢跟大伯父說。父親到死之前還在說：「我死了以後，大哥至少會砍山上木材給我們家蓋房子吧。」從昏睡中醒來時，手還會伸向空中說：「大哥還沒來嗎？」而伯父最後是為了確定他死了才來的。

可憐的父親，五十歲往生。

當時我十九歲，妹妹七歲。

6・兒玉源太郎（一八五二～一九〇六），日本陸軍大將，曾參與日俄戰爭、甲午戰爭，並當過台灣總督。

7・二次大戰前的日本，在主要的府縣警局設置的祕密警察組織，以維持治安為目的，鎮壓社會主義等危害社會體制的思想活動。

母親四十二歲。

即使長大後，每逢天氣良好的五月，我都會想起疲弱地蹲在田邊的忠史，當時那樣用力拉他手，也成了我無法挽回的悔恨。

有年五月，我突然跑去買一個小佛壇。我的眼淚停不下來。也買了敲一下就會「噹」一聲的鐘和線香，可是弟弟的牌位放在養老院，佛壇裡空空蕩蕩。

忠史沒有留下半張照片。

我把家裡的玩具小狗和模型小汽車放進去，空洞的感覺愈加明顯。

於是我想，哪天刻一尊小巧可愛的佛像給他吧，而且還要眉毛有旋的，有如仁王的佛像。想是這麼想，一轉眼就過了十年了。

母親今天坐在椅子上發呆。我走到她旁邊，摸摸她的頭：「媽好可愛喔。」母親握住我的手，把她的臉湊到我的手上用力磨蹭說：「我好希望有個像你這樣的姊姊。」我已經受夠當姊姊了，於是我說：「我希望有個像你這樣的媽媽。」

「哈哈哈哈……真是搞不懂你啊。」母親笑了。

戰爭的結束改變了一切。不只是飢餓和貧困的關係，我認為是日本人突然失去了自我的本質。父親或許想像個隱者般活著吧。

我記得遣返時，父親四十歲，那一定是蒼老的四十歲。那時他已經完全放棄去東京，選擇當高中老師以度過餘生。我覺得父親好像四十歲就枯萎了。

母親也變了，她變得愛跟父親回嘴，餐桌上的氣氛也變得很糟。這種變化應該是起於哥哥的死吧。

我們落腳在離父親老家有點距離，全村只有四戶人家的村落。忠史去世後的隔年六月，哥哥在一個大雨滂沱的日子死了。連當時是小孩的我都知道，他在死前一天腦子就被高燒燒壞了。

當時我一直看著哥哥。父親雙手抱膝，看著腦子已經燒壞、手晃來晃去的哥哥。哥哥眼神迷濛，看不出焦點對在哪裡。父親心都慌了，問我：「要是你，你會怎麼樣？」淚水薄薄地模糊了我的雙眼，我回答：「我會死去。」我覺得哥哥死了還比較好，腦子燒壞的哥哥已經不是哥哥了。可是爸，你怎麼能問我這種事？我強忍著不讓眼淚流出來。

哥哥的死，父母的反應和忠史那時候截然不同。

母親陷入半發瘋狀態；父親的背影看起來像是心裡最核心的部分被抽掉了。他還曾坐在緣廊邊，呆呆地望著眼前剛插完秧的青綠稻田，動也不動。周遭人們的反應也和忠史那時完全不同。因為哥哥是長子嗎？因為他好不容易活了十一年嗎？還是因為大家覺得他是個聰明的好孩子？哥哥是心臟長在右邊的畸形兒，還有瓣膜性心臟病，外表看起來額頭很寬，眼睛大得離譜，炯炯有神。現在回想起來，像個可愛的小少爺。

母親真的受到很大的打擊。深更半夜還會從隔壁房間傳來父母竊竊的談話聲，常常聽到母親的啜泣。

於是父親帶母親去廟裡找和尚。

我想他們不是有了宗教信仰，以現在的話說就是去尋求心理諮商，來自身延山，地位崇高的和尚扮演了心理諮商師的角色。我不知道母親去過幾次寺廟，但她在家裡從來沒有誦過經。

我九歲的時候，已經目睹家裡死了三個人。母親三十四歲，失去了三個小孩。原本五個小孩，變成了三個[8]。

和我感情很好的哥哥不在了以後，我一直靜默寡言。我常常忘記哥哥已經不在了，會下意識地到哥哥的教室前等他，因為以前我們都一起回家。回過神來，九歲的我不由得苦笑了起來。那真的是名副其實的苦笑啊。

失去哥哥後，就再也沒有人在乎我了。以前我每天都和哥哥手牽著手睡覺。一回神，我以為我牽著哥哥的手，仔細一看是弟弟的手，我又一個人苦笑了。

我想母親是從那時候變了個人，當時我並不知道原因為何。

母親開始虐待我。當然那時，我不知道虐待這個詞。母親虐待小孩，通常發生在非親生孩子的身上，但也有人溺愛非親生孩子。

8・失去的三個小孩，包括在中國只活了三十三天便夭折的嬰孩，但「五個小孩」是從二次大戰結束那年算起，戰後忠史與久史相繼過世，此時家中剩三個小孩。

隔壁的好子就是個備受寵愛的孩子。好子的母親看起來年紀已經很大。我猜想好子是養女，所以她的母親才會是個老人家。

有一天，母親興高采烈地對父親說：

「有人說我是你的續弦喲，還說久史和洋子是前妻生的小孩，猜我才二十五歲左右呢。」母親看起來確實比實際年齡年輕，就算去田裡工作，她也會把妝化得很漂亮，而且不穿農婦的服裝。

父親聽了也一臉開心地笑了。我雖然默不吭聲，但心裡明白得很，一定是母親虐待我，鄰居們挖苦她，她回來故意這麼說的。

那時父親平日在三島的一所學校教書，星期五晚上才回家，然後星期天晚上又去三島。

妹妹說：「我覺得媽是欲求不滿啦！才會火氣那麼大。他們夫妻個性完全相衝，只有身體倒是合得很。」「我也這麼認為！不過比起個性，夫妻果然還是身體合得來才好。」不管我如何想控訴母親對我的殘忍對待，話題總會在這個地方轉彎。

6

我們的家位在田裡，沒有自來水，只有個水泥做的四方形水槽，水要從離家三十公尺的細小河川提回。要裝滿水槽，得在小河和我家之間來回走很多次。剛開始是母親以竹扁擔挑著兩個水桶打水回來，不久就成了我和哥哥的工作。我和哥哥把水桶吊在竹扁擔的中間，兩人搖搖晃晃地扛回來。不過搖搖晃晃的是哥哥，他總是扛到氣喘吁吁，但這種情況沒有持續多久。「少爺，別提水了。」母親叫小學六年級的哥哥「少爺」，哥哥很討厭她這麼叫。後來在六月一個大雨滂沱的日子，哥哥死了。

哥哥走了之後，挑水變成我一個人的工作。我想減少來回的次數，於是一個人挑著掛了兩個水桶的竹扁擔，剛開始兩個水桶都只裝一半，再每天慢慢地增加水量。

後來我學會了降低重心，不讓水潑出來的訣竅，水就幾乎可以裝到全滿了。我覺得那看起來就像一個十歲的瘦皮猴，很靈巧地在挑水。

好子的母親佩服地說：「你真了不起！」河水流過好子家的院子前面。當我挑進廚房，把水倒入水槽時，母親不發一語，只是直勾勾瞪著我。至少要來回挑個十次左右，水槽才能裝滿。有一天，我裝到七分滿就把蓋子蓋上，想敷衍過去。母親立刻打開蓋子，直勾勾瞪著我，壓低嗓門說：「你想騙我，門兒都沒有！」我不發一語，直接把竹扁擔往外扔。十歲的我，沒有哭，只是像搶劫火車失敗的搶匪一樣，覺得很丟臉

「糟糕，被發現了！啊──啊──。」

我一放學回家，母親就直勾勾瞪著我。比起打水，我更厭惡母親那樣看著我，那凶狠的眼神似是無言說著：「想玩啊？門兒都沒有！」只要見我放學回來，她的眼神就會自動變成這樣。

母親可能心想，要是我能代替哥哥死就好了。當時我沒想到這些，只是很討厭回家。因為討厭回家，只要看到朋友在學校旁的河川玩，我就會過去一起玩。穿著木屐啪嗒啪嗒地走在水裡，對著住在堤防小屋裡的杜蒂琪大聲叫喊：「綠色山丘上的杜蒂琪！」她的女兒小綠一臉羨慕地看著我們。杜蒂琪會衝出小屋對我們扔石頭。杜蒂琪保護著小綠，一直都是。

然後在沒人的山路上，拖拖拉拉地走上四十分鐘。回到家，母親劈頭就抓起我的前襟臭罵：「說！你死到哪裡去玩了？說啊！」接著把我抵在柱子上，將我的頭叩叩叩地往柱子撞。我沒有哭，像個事跡敗露的壞人，認命扛起竹扁擔。

現在我會想，為什麼當時我沒使出女人的武器，也就是「哭泣」這招必殺技呢？小時候的我沒想到要用「哭」這個絕招，長大後也沒能享受這個絕招帶來的好處。

哥哥去世大概一年左右，母親又生孩子了。情況有點混亂，但不是母親在遣返船上懷的，那個孩子不曉得在哪裡人間蒸發了。

父母死了三個兒子，所以大概傾渾身力量祈求，希望能再生男孩吧。

母親臨盆時是七月，爸爸剛好放暑假。母親在隔壁房間呻吟，父親抱著雙膝，晃著身體說：「要生了，要生了。」

我被母親陣痛的叫喊聲嚇壞了，心想母親會不會死掉啊，雙手捂著耳朵，但那叫聲大到捂住耳朵也沒用。我衝出家裡，跑到兔籠前，蹲在那裡再捂起耳朵。結果生下的是個女孩。

過了兩、三天後，在田裡工作的農民從田裡大聲對父親說：「利一，真是遺憾啊！」

母親很生氣：「那是葬禮說的話吧！」

寶寶誕生後，洗尿布成了我的工作。洗尿布是去我打飲用水的那條河川洗。小便的尿布要清洗三次，有大便的尿布要先洗掉大便，再用肥皂把黃色的大便痕跡洗到完全消失。看到大便在河面載浮載沉地漂流而去，我覺得頗為賞心悅目。

開學後，上學前要完成洗尿布的工作。天氣愈來愈冷，河水愈來愈冰。

於是我開始偷懶，就算沒有洗到全白，還殘留一些大便的黃色，我也把尿布擰乾敷衍了事。母親直勾勾瞪了我一下，火速把擰乾的尿布拿到鼻子前，然後準確地把敷衍偷懶的尿布扔到土間[9]。投得真準啊，我好生佩服。

9・沒有鋪地板的泥土地面。

然後她攤開殘留著黃色的尿布，貼在我的臉上說：「這是怎麼回事！說啊！這算什麼！你想騙我，門兒都沒有！」

可是冬天洗尿布真的很痛苦。

有一次，我看到《阿信》的童年時代，心想：這沒什麼嘛，阿信的母親就算不夠精明能幹，但對阿信還滿好的啊。

天氣暖和之後，母親命令我去田裡拔草。對我來說，那片田真的遼闊到無邊無際。剛開始我一根一根拔，後來有一天趁母親不在時，我拿起鋤頭在地面翻鋤，把整片土都翻了過來。轉眼間，田地就變成一片黑黑的。我真能幹。雖然我很清楚，這樣根本達不到除草的作用。

母親回來後，揪著我的後領子，把我拉到田邊，抓起一把土往我臉上抹。「這算什麼？這算什麼？你別以為這樣投機取巧就能騙得了我，門兒都沒有！」然後把我推到田裡去。被她推倒時我心想，怎麼可能不被發現嘛，其實我早就料到了。

我常常在想，如果我因此成績很差會怎麼樣？在窮鄉僻壤、學生又少的小學裡，我的成績出類拔群，全部都拿5，最高分。我這輩子也只有那個時候有這麼好的成績。哥哥的成績也很好，不過體育課都請假，所以不像我整排都是5。我心花怒放，把成績單拿給母親看，母親看了哼地一聲說：「這是當然的吧，畢竟這種鄉下地方都是鄉巴佬。」

就算是在那種窮鄉僻壤的鄉下地方，但整排都是「5」的成績單，至今依然讓我非常高興。而且成績單上老師寫的評語都一定是：開朗、活潑、積極進取。

可是過度活潑也會讓人心驚膽跳。有一次，男生們不曉得從哪裡弄來五寸長的釘子，把它放在身延線的鐵軌。我們趴在河堤上，靜靜等著電車通過，然後再去把五寸釘拿回來。五寸釘被壓得扁扁的，閃閃發亮。超感動的！可是我們也真的嚇壞了。

冬天我要去山上撿柴，就像民間故事裡的老奶奶一樣。我很喜歡這份差事，或許是因為我很喜歡燃火吧。連用爐灶煮飯都是我的工作，但只要看著火焰，我便為之陶醉。形狀和顏色都沒有片刻停止變化，我認為世上最美的事物便是火焰，看著熊熊火焰扭動身軀，發出又藍又橘又鮮紅的火光，我都快要被它吸進去了。鍋子裡的東西溢出來，就會引來火舌。把紅色的炭火放入罐子裡打熄的時候，我會覺得很可惜。我覺得我很有縱火狂的天分。

有一天中午，我為了蒸馬鈴薯，在爐灶前生火。結果我居然在爐灶前打起盹，不小心睡著了。等我醒來，已經被推到木板房間，母親操起掃把柄狠狠揍我。馬鈴薯已經燒得焦黑。母親一邊打我，還用腳踹我。

我像蟲子縮成一團，淒聲慘叫。即使叫得再淒厲，我也沒有哭。母親打個不停，打得我爬不起來。我會被打死。如果會被打死，就快點讓我死吧。我動也不動地任憑母親毒打，手腳無力地下垂，翻起白眼，母親換用掃把柄戳我。剛開始我一直翻白眼，但後來母親不停地戳我的肚子，我實在癢得受不了，就放聲大笑了出來。我被打得青一塊紫一塊，卻不停地笑著。

我是個奸詐狡猾的孩子嗎？我天生就愛耍詐嗎？

不是喔，媽，只要你肯說聲謝謝，誇我一下，我就算是蠢得像豬也會爬上樹喔。

只有一次，我挑完水，母親賞了我一顆番茄。那時的開心和番茄的碩大與鮮紅，我一輩子都忘不了。那時候我覺得母親好溫柔喔。溫柔的母親，以及在我心中點燃了明亮的番茄之光。

母親一輩子沒有對任何人說過「謝謝」和「對不起」。

要是在我每次把水倒入水槽時，母親能慰勞我一句「謝謝」，我一定會開心地幹活吧。長大後我這麼想過，可是現在我不這麼認為了。如果母親是溫柔的，我可能會利用這一點說：「我累了，這樣就可以了吧？」或是「人家肚子餓了，給我一點東西吃。」而不會默默忍受吧。

如今我已經能這麼想：那些勞動的經驗與忍耐，經歷了比沒經歷來得好。

但我不願回想那些事情。

我從來不會把母親怎麼對待我的事偷偷向父親告狀，因為我們不是那種氣氛甜蜜的家庭。可是有次父親週末回來時，我聽到他和母親為了我而爭吵。雖然他們不是在我的面前吵，但我在後方抓著曬衣服的竿子，聽到父親和母親的激烈爭吵聲，我哭了。那個眼淚究竟是為什麼，我到現在還不明白。

今天母親心情很好，掀起棉被對我說：「到我的被窩裡來。」所以我又鑽進母親的被窩了。

母親口齒清晰地說：「誰來為我說明一下，我是個怎麼樣的人？」說這話的擺明不知道我是誰。

「你是個好孩子啊。」

就是啊就是啊。不，我是個壞孩子。

母親摸著我的手說：「那也沒關係。」

7

大學畢業後，我在百貨公司的宣傳部門工作。進入的公司那年，不知是哪裡搞錯了，中元節促銷活動的全開大海報，竟然決定用我的插畫。接著聖誕節的促銷活動也用我的插畫，我現在還認為這一定是搞錯了。因為我覺得自己沒有那麼好，至今仍是如此認為。那時候，我感受到自己的極限。我唯一的長處只有年輕人的衝勁。

地下鐵通道的兩側，綿延不斷貼著我的海報，我和母親走在通道上。

「媽，我很厲害吧。你看，這一整排都是我的畫喲。」

那時候，我和母親分開住，關係沒有那麼糟。

當時母親繃著一張臉，露出陰鬱的表情，看都不看我的畫，簡直是故意直直看著通道。母親可能是為了自己變成鄉下人而感到羞恥吧。還是強忍著不讓自己變成只會誇自家小孩的笨媽媽？

你不是那麼辛苦供我念大學，而我也確實很努力在工作，不是嗎？為什麼要擺出那種不高興的表情呢？

哥哥走後一星期，父親的老朋友不知道哥哥死了，從京都來拜訪。人的因緣真的很奇妙。他在前一年的五月，從大連遣返回來，第一次來父親的老家探望父親。那天晚上，小西鄉隆盛死了。

然後第二年的六月，他再度來訪時，哥哥也剛去世不久。他是父親舊制高中時代的朋友，在外地也和父親同一個地方工作，非常疼愛哥哥和我們。

他從背包裡拿出伴手禮，送了我漂亮的信箋，接著又拿出很難弄到手的、銀色軟管裝的繪畫顏料問：「久史呢？」父親看著稻田的臉轉向佛壇，抬了抬下巴。

佛壇放著一個白色骨灰盒。

我記得父親的朋友雙眼圓睜、瞠目結舌的表情。

父親的朋友在哥哥的骨灰盒前哭得雙肩顫抖。骨灰盒的旁邊擺著銀色的顏料盒。

為了款待遠道而來的朋友，我們殺了家裡養的兔子。父親叫我抓緊兔子的耳朵，我實在很不願意。因為直到那天早上為止，這隻兔子都吃著我摘來的葉子。我雙手抓著暖暖的、又有點冰涼、柔軟的耳朵。

父親瞬間將兔子的頭轉了一圈。隨著卡一聲，兔子的紅眼睛突然變成了紫色，然後很快就像蓋了一層透寫紙般轉為白濁。

我移開視線，是在兔子的眼睛變成紫色以後。我不知道為什麼不一開始就移開。

那天晚上吃的是兔肉壽喜燒，我因為缺乏動物性蛋白質而大吃特吃。父親的朋友邊吃兔肉邊說：「我好像是佐野家的死神。」

哥哥的畫出類拔萃。他還活著的時候，我沒想過自己也能畫畫。哥哥畫畫時，我很喜歡黏在他前面坐著，屏氣凝神看著他從紙的下方開始畫畫。哥哥畫畫都從下面畫起，一路畫到上面收尾。我看得如痴如醉。哥哥一旦全心投入，嘴巴會半開，舌頭黏在鼻子的下面。原來真的很會畫畫的人，都是嘴巴半開，舌頭吐在外面啊。我一直看著哥哥畫畫，每當他完成一幅畫，我便會感到非常滿足，非常幸福。

所以京都的叔叔來訪時，為哥哥帶來的伴手禮都是繪畫顏料，而且看起來很貴。

哥哥很會畫畫，但顏料後來變成我的。

第二年，我在縣府舉辦的寫生大賽得到縣長獎。導師在上課時拿報紙給我看，說：「你得了縣長獎喔！現在趕快回家，把這份報紙拿給媽媽看。」我一溜煙就走了，在山路上拚命跑，想說母親看了一定會很高興，一路狂奔回家。

到家後，母親看了報紙上小小的小小的報導說：「真討厭，我沒有衣服可以穿去耶。」

然後一直盯著榻榻米的某處，看了很久。

正當我納悶她到底在看什麼的時候，她開口說：「要是哥哥還活著，他會說什麼呢？『會說洋子這傢伙還真臭屁』吧。」我聽了好吃驚，哥哥才不會說這種話。我知道哥哥瞭解我，就像瞭解他自己一樣。因為在他死前，有一天中午他被頭痛和發燒折騰得痛苦呻吟時，弟弟在哥哥的枕邊跑來跑去，哥哥出言罵他：「安靜點！」弟弟想矇混過去就說：「是姊姊啦。」這時哥哥說：「洋子才不會做這種事。」哥哥真的很相信我。

但是母親接著又說：「哥哥一定會抓著你肩膀晃啊晃地說：『你這個混蛋！你這個混蛋！』」

母親真的一點都不瞭解我和哥哥，哥哥絕對不會做這種事。

如今我明白，對母親而言，那應該是哥哥的榮譽吧。如果沒有哥哥的顏料，我可能不會畫畫吧。我儘管得了獎也沒有自信，也不是那麼喜歡畫畫。就算我專心投入，也不會伸出舌頭去舔鼻子下方，這個念頭跟了我一輩子。

後來母親和我一起去了甲府。

母親穿了她上好的和服，一襲紫色和灰色相間格子紋的和服，披上一件黑色和服外褂。

母親妝化得很漂亮，裝模作樣地擦了口紅的嘴唇微微上翹，我莫名地覺得她才是今天的主角。到場的許多家長裡，母親看起來最年輕，這使我好高興。至於當時我穿什麼衣服，已經沒有印象了。

長期隻身在外地工作的父親經常寫信給母親，母親把信收在櫃子裡。一直到很後來（我應該還沒念中學），有一天我趁母親不在時，偷偷抽出幾封咖啡色信封裡的信來看。原來是情書啊。如今回想起來，父親還真有文采。

父親說他很想家，很懷念孩子們跑來跑去的情景，後面還寫了一句「水滴晶瑩地滴落在，你那泛著凝脂的肌膚」。那時我明明還是個小孩，心頭卻揪了一下。其他的內容我都記不得，唯獨這一句深深烙印在我心裡，即便到了現在，只要想起這封信，我的腦海裡就出現一幕情景。

洗完澡後，孩子們在院子裡追逐螢火蟲。

父親盤著腿坐在緣廊，望著外面。旁邊坐著剛洗好澡的母親，穿著一件短褲，裸著上半身，肩上掛著我家僅有的一條浴巾。一對大乳房晃來晃去，完全袒露在外。我覺得母親這副模樣很低級，噁心得想吐。為什麼父親不念念她呢？

我受不了這副德行，走進屋裡時，從母親的背看到了她的腋下。不知道是水滴還是汗滴，肌膚上有好多小小圓圓的水珠。

父親是看到母親這副粗俗下流的模樣而發情的嗎？

「你那泛著凝脂的肌膚」後面，說不定還寫著更噁心露骨的文字。我覺得好遺憾，那時候為什麼沒有全部背起來。

父親和母親那時很幸福。如今對我而言，那是一幅牧歌般的情景，是我們家很難得、無可取代的珍貴片刻。父親說他想家，其實是因為性事上的不自由而轉成戀愛般的情愫吧。

這就是像妹妹說的，比起個性，這兩人的身體更合得來吧？妹妹說，母親之所以會幾近虐待地對我，可能是因為她欲求不滿。我說：「咦？那所有寡婦都會虐待人囉？」

長得更大、我上了高中，有一次導師來做家庭訪問。我原本也在客廳，可是很不想和老師面對面，所以趕緊躲進壁櫥。

那是一位津田塾出身的年邁英語老師。

她是一位把「年輕女孩請踢著裙子走路」當作口頭禪的老師，我很喜歡她。

雖然我激烈反抗母親，但在學校從沒惹過任何麻煩，也不想惹麻煩。她們不曉得在說什麼，我默默躲在壁櫥裡，不敢弄出一點聲響，緊張到全身僵硬。

前後我已經不記得了，只記得母親說：「因為我們都是女的，可能是出於嫉妒吧。」我當時一邊想著，她在說什麼蠢話啊，但也暗自吃驚：「啊？原來媽嫉妒我？」可是那時我已經開始覺得她是個腦筋很差的人，不太把她的話當一回事，反而認為躲在壁櫥裡的我問題比較大。

如今回想起來，父親確實很喜歡我，只是不太會把感情表現出來，不管對我還是對弟弟而言，父親就是個可怕的人。可是他們夫妻間的事我就不清楚了，父親和母親兩人之間的談話、只有兩人才能有的感受、不說也能心領神會的事，想必很多吧。

可是，母親嫉妒我什麼呢？只因父親喜歡我，從小她就看我不順眼？母親討厭聞報紙味道就能抽出當天報紙的我？

可能即使都是自己的孩子，也有脾性合得來跟和合不來的吧。我和母親一開始就合不來。

只要我一反抗，母親一定恨恨地說：「你真的跟你爸很像。」我在心裡吐槽：你都跟我爸生了七個小孩還敢說。也可能是因為我繼承了父親最令她討厭的部分。

話又說回來，我覺得最大的原因還是哥哥的死。母親是真的很希望我能代替哥哥死去。

哥哥十一歲就死了，此後母親可能在心中持續將他美化。長大之後，我覺得哥哥如果活在這個世上一定很辛苦。

哥哥很聰明，但膽小軟弱。以前有一群男生欺負哥哥，我還揮著棒子揍他們的屁股，拯救了哥哥。

渾身泥濘的哥哥直視著我，為了保住他受傷的自尊心，我只好一邊哭一邊蹣跚地走在他後頭。

每當我人生受到重大打擊時，總會想起那個病弱而纖細敏感的哥哥，我常常覺得：「哥，幸好你死了。活著，可是連想死都死不了。」

走在前往養老院的五日市街道，看到堤防開滿了繡球花。

啊，我在這條路上已經看過十次繡球花的季節。想到十年來，母親每晚都獨自睡在那個房間，我的眼淚就滾了出來。

現在母親已經無法坐著吃飯了。

「我回家的時候，只要有那個孩子一個人在就行了。」

那個孩子是誰？沒有人知道。

母親是神嗎？那個孩子是哥哥呀。

8

在山梨縣非常鄉下的學校裡，身為遣返者的我，穿的衣服比任何人都時髦。

明明只是帶著棉被袋和背包和五個孩子回來的可憐遣返者。母親可能在和身體一樣大的背包裡盡可能地塞滿了衣服。因此我的穿著，比起穿著草鞋和人造纖維做的、泛著黑光的農村褲子的堂姊小雅來得時髦吧。

這些東西是打哪兒來的呢？有的是美國的亞洲救濟聯盟送的物資，有的是日本政府的援助，或不時在學校領到一件雨衣或一雙黑色橡膠鞋之類的，天上掉下來的禮物。

老師把東西發給我的時候說：「這個給被遣返回來的洋子同學。」受恩惠的人是我沒錯，但孩子們的心裡一定會覺得老師偏心。班上有個女孩住在山中河川邊搭的小棚子裡，沒有廁所也沒有電，一推就倒簡直稱不上房子，她的母親常常在河邊露出整個屁股大便。剛開始我以為拉出來的是大便，結果從屁股洞垂下來的是十公分長的脫腸，那幅景象實在太恐怖了。那個女孩沒有筆記本，也沒有鉛筆，乾得像一坨木屑的頭髮裡長滿了蝨子和蝨子卵，一片白茫茫的。而且這些蝨子還爬向她發臭的衣服，在衣服上爬來爬去。那個女孩可能一直都光著腳丫走路。

學校裡沒有一個孩子有雨衣。所有的學生穿草鞋或木屐，沒有人穿鞋子，所以當老師說「這個給被遣返回來的洋子同學」時，等於是天賜恩惠，教室裡頓時一陣嘩然。我雖不喜歡這樣，可是我想要雨衣和鞋子。我知道這樣很不公平，可是我沒有善良到可以把東西讓給可憐的脫腸媽媽的小孩。後來那個小棚子不見了，脫腸媽媽和那個女孩也消失了。

學校裡好像沒人注意到那個女孩不見了，就像煙一樣消失了。

那個揍我又踹我、戳我又捅我、恨恨地瞪我的母親，為了快速長高的我，用綠色格子花紋的單薄人造絲幫我做了一件連身洋裝。因為家裡沒有縫紉機，母親發揮她高超的手藝，整件衣服都用倒勾針縫法縫製，看起來就像縫紉機做的。

那時候我應該是十歲，我穿著這件衣服，換了三線電車（身延線，東海道線，駿豆鐵道）去了父親工作的三島，一個人去。來到父親的親戚家，他們是開點心店的。至今堂姊民枝還會說：「那時候我嚇了一大跳，以為見鬼了呢！」還說當時我在店頭大叫：「我是利一的長女洋子！」

可能像個南極探險家吧。

我一進到屋裡，嬸嬸、民枝堂姊、奶奶都圍了過來，七手八腳地拉起我的連身洋裝。「咦？這是靜子手工縫的啊。嘿嘿，真是了不起啊！」連身洋裝接了六塊布，全部都以手工縫得像縫紉機做的，真的很費工夫。

於是，我就成了深受母親疼愛的女兒。嬸嬸家沒有女兒，所以對我特別好。我在這裡待得很舒服，所以就厚著臉皮住在他們家。

我第一次看的電影是描寫克拉拉・舒曼的《夢幻曲》（*Song of*

Love），嬸嬸帶我去看的。嬸嬸說：「外國的女明星真厲害，鋼琴彈得那麼好！」

之後有一天電報來了：「立刻滾回來。」回到家被狠狠臭罵了一頓。我好想當嬸嬸家的孩子。

那時我的衣服全部是母親做的。弟妹們的毛衣變小之後，母親就把毛衣拆了，把皺巴巴捲縮的毛線捲在紡錘上，然後拿去清洗，用水蒸氣蒸直，再加上別的毛線紡成雙色條紋。我把紡錘架在雙手上，母親把毛線纏成毛線球。為了讓母親容易纏成毛線球，我的雙手必須左右來回晃動。母親會教我編織，我很喜歡這項工作，這個時候母親的心情都很好。母親很會社交，個性開朗，心情好時會唱歌。但母親心情好的時候，我最忐忑，因為不知道她何時會變得歇斯底里。

母親不會主動發問，也不聽小孩說話。她只會下令，如果沒有照著她的指令做，她便暴跳如雷。我有時也會疏忽大意。學校有一些偉人傳記，我愛不釋手，一讀得感動就想跟別人分享。有一次我忽然跟母親說：「野口英世[10]曾經被叫做沒有手指的人喲，因為他的手被燒傷，手指都黏在一起。」結果母親罵我：「吵死了！滾到一邊去！」我真是太大意了，覺得好丟臉。從此，我什麼事都不跟母親說，就這樣持續了一生。

後來我才知道，母親是個享樂主義者、喜歡有趣事物的人，可是在那個山梨縣的鄉下地方，沒有任何事能讓母親開心。

母親討厭鄉下人，看不起他們，她討厭父親的每一個親戚。我們住的那間房子離父親老家有點距離，整個村落只有四戶人家的家，是某個親戚為了農作方便而在自家田裡蓋的，出於好意借給我們住。無論是插秧或割稻時，他們家的女兒會擠在只有兩個房間的房子裡，連床鋪都不鋪就地而睡，這時母親就會擺起架子。

才剛下田插秧，母親插個三十分鐘就發起牢騷，說什麼「真討厭做這種事」，轉身回屋裡去，心情不好也毫不掩飾地咂嘴。我則是徹底沉醉在插秧的工作裡，和堂姊們站成一排在土裡插秧，覺得非常有成就感，心情像在玩泥巴。泥土裡有水蛭，會吸附在人的小腿上。我把水蛭扯下

10・野口英世（一八七六～一九二八），日本細菌學家，以研究梅毒、小兒麻痺而聞名國際，多次被提名諾貝爾醫學獎。

來時，堂姊們哈哈哈地笑翻了。當時我才十歲，不曉得能派上多少用場，不過我體會到一起勞動的樂趣。

即使全身沾滿泥巴也很好玩。我想我不是迷上了田裡的泥巴，而是我有一種性格，任何事情只要一專注就整個會迷上。

就跟我迷上裴帥是同樣的道理。

母親可能是討厭髒兮兮的事物，她原本就是都會中產階級的家庭主婦。堂姊們可能沒有耐性用倒勾針縫法做出整件連身洋裝，也不想做吧。

在鄉下住了三年後，在我念小學六年級的夏天，也就是第二學期，我們全家搬到了靜岡市。搬家那天，我穿著那件綠色連身洋裝，來到雜草叢生的駿府城中央。

我們在德川家康住過的同一個地方，生活了將近三年。

當時的駿府城只剩雄偉的石牆和兩道護城河，中間是一片廣大的草原。這裡曾經是軍隊練兵場，石牆邊還遺留著兩處兵舍，一處變成城內高中，一處變成城內中學。儘管如此，草原依然遼闊，整片看過去依然是雜草叢生。學校另一邊的河堤上有很多細長的老房子，宛如緊緊沿著河堤蜿蜒而去。那是父親上班的官舍，分割成八間房的大長屋。每間玄關的門用黃色油紙取代玻璃，八扇油紙門就這樣一字排開。廁所在外面，有四間小屋；每一間小屋有兩個廁所。城的正中央有一棵很大很大、德川家康親手栽種的橘子樹，毫無遮蔽、孤零零地佇立在那裡。

這裡有自來水，所以不用再去挑水了。

妹妹也已經不用包尿布了。

學校在過了城橋後的正前方，我是班上離家最近的學生。我就讀的小學也叫城內小學。

這時母親突然停止對我粗暴對待，因為她的社交本性開花了，她忙著和父親同事的太太們打成一片，變得開朗、笑聲爽朗。

母親很好客，喜歡留人家下來吃飯。

我們家只有三個房間，分別是八疊榻榻米、四疊半榻榻米，和三疊榻榻米大。四疊半榻榻米那間是客廳，只要有客人來，不管幾個都擠得下。母親總是俐落地做著料理，然後不知不覺中也在席間和客人談笑風生，爽朗地笑著。

這時候，母親一定會把妝化得很漂亮。

我完全忘記母親對我的狠毒，真的很詭異。直到長大成人後才慢慢想起來，年紀愈大，那些記憶就愈鮮明。

直到現在我仍覺得詭異。

九月，我成了一名轉學生。靜岡的同學沒有人穿草鞋。

社會逐漸穩定了下來，儘管依然相當貧困。

男生都穿黑色木棉的學生服。

女生則是一眼就能看出誰家是有錢人。

轉學那天，有個小測驗。班長是個男生，他看了我寫的答案後，兩眼發光。我考滿分，班長寫錯了一題。

我心想，糟糕，這下完蛋了。午休時間，班長跟我說：「佐野，你過來一下。」我跟著他爬上學校後面的堤防，聽天由命。班長把我壓在一棵粗壯的松樹上，來回賞了我耳光。兩個人都沒說話。他打完耳光後，我碎步快走跟在他後面回教室。回到教室後，班長大吼：「喂，佐野被打也不會哭喔！你們也來試試看！」結果我又被壓在後面的牆壁，全班的男生把我毒打一頓。

「真的耶，不會哭！」「真厲害，竟然不哭！」就這樣男生紛紛散去，還說：「真無聊。」

媽，謝謝你，造就了我要命的韌性，讓我變成了一個極少哭泣的女人。媽，如果我不是你的孩子，可能會變成一個熟練哭泣技巧的演技派吧。

之後，班長和我變成感情特別好的朋友。在我學會騎腳踏車之前，他總是滿頭大汗一邊跑一邊幫我扶著腳踏車後座。

他也讓我加入了棒球隊，我背上還揹著妹妹。每當我放學回家，家人就立刻把妹妹綁在我背上。打棒球的時候，我也是揹著妹妹站在打擊區，跑壘。妹妹的頭總是在我背上晃來晃去。當我向前撲倒的時候，妹妹的頭總是先著地。

妹妹該不會因為那樣摔笨了吧？

過了不久，我有了一個綽號叫「鬆垮褲」。

母親連內褲都會做。為了讓我長高之後還能穿，她用白色平織棉布做了一條巨大的內褲給我。這條內褲竟然比變短的裙子還要長，露出了五公分。同一棟長屋裡住著班上的男生，我們吵架時，那個男生就嚷嚷：「鬆垮褲！鬆垮褲！」最後發展成順口溜：「鬆垮褲鬆垮褲，內褲鬆鬆又垮垮。」

有一次，那個男生的母親從我旁邊走過，說了一句話：「鬆垮褲的鬆垮，是狡猾的意思[11]唷。」我頓時一怔，像石頭僵在那裡。現在回想起來也會僵住。

原來我在大人眼裡，是個狡猾的小孩？

我沒有跟母親說內褲太大，不過母親可能知道我有個綽號叫「鬆垮褲」。

母親已經坐不起來了，她的身體無法支撐她的鬆垮。

今天我去探望她時，她也是面對牆壁躺著。我湊過去一看，她眼睛睜得很大，取出假牙的嘴巴不停蠕動。睡覺時，尿尿時都不停地蠕動。叫她，她也沒回應。

看護曾交代我，要經常給她喝水。可是我把裝有紅茶的吸管放到她

11・狡猾和鬆垮音近。

嘴邊，她突然閉起了嘴巴。我稍微用力塞進去，她竟突然大叫：「你在搞什麼啊！」而且咬字還很清楚。

9

我有個朋友姓佐藤，今年六十九歲，到現在他還經常說：「我好想再吃一次洋子母親做的水餃啊。」

我的出路是父親決定的。我必須去念藝大設計科，必須成為設計師。父親的同事之中有一位雕刻家。這位老師有個工作室，有如為考靜岡藝大設立的補習班，靜岡高中的學生為了學素描而聚集在這裡。佐藤就是其中一位，他比我高一屆，我之前就知道這個人了。

佐藤第一年落榜，去東京念了一年補習班。這一年裡，他每週一次，一定會寫明信片回家報告本週補習班的課題。我覺得這不是常人辦得到的。受到他的影響，我激烈的反抗也稍微緩和了下來。

忘了是父親還是母親的提議，請佐藤和他的朋友田宮來家裡吃飯。我家的餃子不是煎餃，而是水餃[12]，家裡說「餃子」也是近似中文的發音，母親會自己擀水餃皮，十分費時費工。在榻榻米的客廳裡，兩個男生和我、我父親同席，母親陸續端上大碗公裝的水餃，但因為父親在，兩個男生顯得格外拘謹。父親察覺，說了一句「請慢用」便離席，氣氛霎時舒緩了，我們三個人都會心笑了。母親的水餃非常道地，家裡除了水餃不做其他餃子。當時不像現在，不是到處都能吃到餃子。

至今我依然認為母親包的水餃真的很好吃。

佐藤說：「洋子的母親好年輕喔。」我覺得母親一輩子都被人誇讚年輕。當阿姨被問到她是不是母親的姊姊時，都會笑說：「對啊，對啊，我是她的姊姊喲。」

母親非常欣賞親切和善的佐藤，好幾次都說：「就算只有一天也好，我好想跟佐藤這種人結婚啊。」佐藤身上有著我父親沒有的謹慎與溫暖，母親可能被這些特質吸引吧。佐藤來清水的家很多次，每次來，母親都會說要是我能跟佐藤結婚組成家庭就好了。過了五十年，佐藤還記得母親的餃子。

我以前並不覺得母親很會做菜，直到長大後寄宿在阿姨家裡，不知

12・通常日本說餃子指的是煎餃，水餃則是稱為「水餃子」。

道怎麼回事才察覺到。

我小學時就會幫忙做晚飯了，可能我也不討厭吧。有一天，母親不在的時候，客人來了。

那時我念小學六年級，已經會用雞蛋打出美乃滋，做出一盤馬鈴薯沙拉來招待父親的客人。不過竟然端出馬鈴薯沙拉當下酒菜，我也真的是小孩啊。

當父親的訪客是很重要的人，需要慎重招待時，母親會從小菜開始上，依序端出一道又一道的精緻佳肴。在那個物資匱乏的時代，家裡又沒有錢，還能這樣精心招待，我覺得母親真的很了不起。客人也很佩服母親，大大地誇獎。我聽過好幾次，父親開心地把客人的誇讚告訴母親。

俗話說「捧一捧，蠢豬也能上樹」，父親在外面吃了什麼東西之後，也會想那是怎麼做出來的，或是動動腦筋，想出各種點子跟母親說。有時順利的話，母親一試就能做出那道菜，但有時也會突然說：「哦，哦，這樣啊，那你把食材拿來呀，只要有錢的話，我什麼菜都做得出來。」「我跟你說的是創意工夫！」然後夫妻倆就跌入吵架的深淵了。

每天吃晚飯時，父親一定會訓示。可是餐桌旁有嬰孩耶，真搞不懂他到底在跟誰訓示。

「人會因為小拇指伸不直而不遠千里去醫治，可是心靈扭曲的傢伙就算隔壁有人能醫治也不去。」

「不可以相信鉛字。一旦變成了鉛字，人們往往會以為那是正確的。」

「讀很多書的人並不是閱讀家。有人一輩子只讀十二本書就足以被稱為真正的閱讀家。」

還有創意工夫什麼的，我聽到耳朵都長繭了。我和弟弟都只是默默地吃晚飯。母親對於比喻和抽象理論完全沒興趣，對她來說，世上只有現實。

有一天父親說：「你們覺得，眼睛看不見和耳朵聽不見，哪一種比較好？」

母親立刻說：「當然是耳朵聽不見比較好吧。」「我認為眼睛看不見比較好。聲音會驅動人的想像力，人一旦失去了想像力就完了。」「聽你在胡說八道。」如果是現在，這些話可能會遭到人權團體撻伐吧。這時我和弟弟會悄悄地把碗拿到廚房，然後溜回我們的房間。我們兩個都沒說話，耳朵朝著客廳豎了起來。

「反正我就是笨嘛！」聽到這句話時，我心想，啊，終於吵完了。回到客廳一看，母親一如往常，圓圓的鼻子哭得紅通通的，拉起圍裙在拭淚。

「我要回娘家！」母親會這麼說，當時外公應該還活著吧。

父親嘿嘿嘿地傻笑，走到天色漸漸暗下來的外面，穿著木屐，搖搖擺擺地出去了。我真的很厭煩，父母親幾乎在每頓晚飯後都要吵上一架。看在小孩子眼裡，父親和母親的對話根本是雞同鴨講。

都已經每晚這樣吵了，父親為什麼還不瞭解母親呢？為什麼還要跟她說她聽不懂的話？

然後隔天早上，兩人大多會你儂我儂地趴在被窩裡，親密地說說笑笑，簡直就是詐欺。

不曉得父親是在哪裡吃到的，他傳授了一道竹莢魚料理法。清水明明是個漁港，但魚店只有當季捕得到的魚，竹莢魚、花枝、鯖魚、白帶魚、沙丁魚等等，鮪魚生魚片很貴，所以吃生魚片都像在吃大餐。

先用烤爐把很多竹莢魚烤起來，然後放進大鍋子裡，加入醬油和少許砂糖，和粗茶一起長時間燉煮。這樣魚骨會變得很軟，從魚頭到魚骨整尾都可以吃。真的太美味了！至今我在外面從來沒吃過這道菜。父親認為鈣質很重要，每次都會說：「這道菜的鈣質滿分。」

不過說到鈣質，有件事我每次想起，就有種如鯁在喉的感覺。

我家的味噌湯，喝到最後碗裡一定會有三條小魚乾，這些小魚乾得要全部吃下去。

我覺得世上最難吃、最令人不愉快的食物，莫過於已經煮到無味的小魚乾。就連三年前我家養的貓，把煮高湯剩的小魚乾拿牠吃，牠連甩都不甩呢！

父親的牙齒好到不像話，儘管微微泛黃，依然很有光澤，而且一顆蛀牙也沒有，還能用牙齒開啤酒瓶蓋。

母親的牙齒就很爛。這也難怪，畢竟她生了七個小孩。她現在連一顆牙齒也沒了，假牙也裝不上去，整天咬緊牙根蠕動著。可憐的母親。

父親帶著那口結實的牙齒在火葬場燒掉了，真是可惜了那口好牙。

在吃到真正的糖醋排骨之前，我吃的都是用鯖魚代替豬肉的糖醋魚，這是我們家很受歡迎的餐點。

所謂的「法式嫩煎比目魚」到了我家，用的是中型竹莢魚，拍了粉之後下鍋油煎，最後淋上很多蔬菜的糖醋勾芡。

這不曉得是父親在哪裡學到的，還是父親所謂的創意工夫菜？

「彼岸節」[13]的時候，我家一定會做三種牡丹餅，裝在細長的盒子裡。

這三種分別是：裹上蜜紅豆的牡丹餅、黃豆粉麻糬、裹上研磨黑芝麻粉的黑牡丹餅。到了女兒節會摘艾草來做菱餅，我很懷念這種香氣濃郁的艾草做成的麻糬。

零食點心也是自己做的。先用茶巾把馬鈴薯包住，用力擠壓成馬鈴薯泥，然後在上面綴以紅色食用色素，再用茶葉罐的蓋子壓出甜甜圈形狀。還有一種叫「薄燒」的點心，用美國進口的精製麵粉加入砂糖，然後用平底鍋來煎，吃起來帶有彈性。長大後我也試著做過，但怎麼做也做不出那麼Q軟的口感。

咖哩是放了一點點豬肉的豬肉咖哩。因為小孩不能吃辣，所以加入美國進口的精製麵粉調成濃稠口味，結果變成現在的法式奶油燉菜那樣

13・分為春分的春彼岸，和秋分的秋彼岸，期間為春分和秋分的前後三天，各為七天，是日本民間祭祖掃墓的日子。應景祭品為「萩餅」，一種糯米甜點，但萩餅在春彼岸稱為「牡丹餅」，到了秋彼岸稱為「御萩」。就內文來看，此處指的是春彼岸。

白白的，裡面還有一堆紅蘿蔔。小孩子認為這就是咖哩，吃得很開心。大人吃的則是加入「S&B」的咖哩粉。

握壽司也排在細長的盒子裡，裡面最多的是花枝握壽司。鮪魚切到薄得難以置信，透明到可以看到裡面的芥末，小妹把鮪魚稱為紅色花枝。有時候醋飯上面還有煮得甜甜鹹鹹的香菇。

壽司捲則是包著菠菜、雞蛋、香菇、粉紅色的魚鬆。好大一捲，粗粗的。我常常在一旁幫忙，用泡了醋擰乾的抹布擦過菜刀來切，這時母親會把切壽司捲剩的邊邊給我吃。

我常常在想，這時候母親是喜歡我的吧。給我吃壽司邊，犒賞我的幫忙。至少在做菜的時候，她沒有吼過我，我們簡直像默契十足的團隊。

用沙丁魚做魚丸湯的方法，我也很自然就學會了。

我無論如何都不敢吃的是鯖魚的味噌煮。我看到鯖魚的魚皮閃著青光歪來扭去就覺得毛骨悚然，所以吃到這道菜時，我只把一起煮的牛蒡和味噌醬淋在白飯上吃。

挑食在我家是行不通的。弟弟討厭牡蠣，真可憐。光是看到生的牡蠣，他就得忍住強烈的嘔吐感。所以主菜是牡蠣時，他是以醬菜配白飯解決一餐吧？現在我已經想不起來了。

小妹說母親做的飯糰是人間極品。只是抹了鹽的飯糰到底好吃在哪裡，我實在搞不懂。不過經她這麼一說才發現，我做的飯糰確實和母親不同。

結婚後在丈夫的老家時被問到：「你明知要嫁人了，也沒去上烹飪教室啊？」但婆婆會做的料理也只是放了豬肉和高麗菜的壽喜燒和天婦羅，我暗自竊喜，這下我贏定了。我母親可是非常出色的廚師，雖然我不會做什麼花俏華麗的料理，但從母親那兒學會了一身做家常菜的本事。媽，這都是託您的福。

昨天，養老院給母親吃了糊狀食物。汆燙菠菜搗得糊糊水水的，紅燒鯛魚、燉蘿蔔、清湯，都是把料和湯汁分開，搗得爛爛的，裝成一小碗一小碗。一旦把東西餵到她嘴裡，她便將雙手的手指全塞到嘴中，在嘴裡翻攪。然後在毛衣上擦手，擦完之後再把嘴裡的東西「呸！呸！」

吐在餵她的人身上。

「令堂有時候也會把東西全部吃下去喔。」餵食的工作人員微笑地對我說。我深深覺得我拋棄了母親。

在她失智的情況還算輕微時，有一次，她把牙籤放在盤子裡遞給我，說：「沒什麼好招待的，請用。」還曾經把很大一塊煎餅放進襪子裡，然後藏在抽屜中。也曾沒完沒了地一直吃巧克力。

我總是看著養老院佛壇上父親微笑的照片，那個不知道母親失智就去世的父親。父親不曾外遇，我原本以為是理所當然，後來才知道那是多麼難能可貴。

10

一九四七年二月，我們家從大連遭遣返回來時，整個日本滿目瘡痍，母親不知道東京娘家的人是不是都還活著，也不知道牛辻柳町的房子是否已燒毀了？

為了調查這些事，父親去了一趟東京，回來說母親的家人都平安無事，房子也還在。「良子也嫁人了，生了兩個小孩，先生看起來挺不錯的。」聽到這句話，母親真的鬆了一口氣。沒多久外公就來到父親的老家這兒探望我們，這是我第一次見到外公。父親在家裡排行老七，他的父母早就過世了，所以外公是我們唯一的祖父。以前我擅自在心裡想像外公的模樣，覺得他應該是像志賀直哉[14]那樣的人，但實際出現在眼前的外公，卻像又矮又胖又禿頭的吉田茂[15]，甚至長得比吉田茂難看。此外，如今回想起來，外公還有著松本清張[16]那樣的厚唇。

不過外公真是非常慈祥的老人家。這幾年的時間，外公想必也不知

14・志賀直哉（一八八三～一九七一），日本小說家，代表作品《在城崎》、《和解》、《暗夜行路》，長相俊秀帥氣、溫文爾雅。

15・吉田茂（一八七八～一九六七），日本政治家，二戰後曾任內閣總理大臣。長相就如文中所言矮胖禿頭，且方頭大臉。

16・松本清張（一九〇九～一九九二），日本知名推理小說家，打破本格派和變格派的固定模式，開創了社會派推理小說領域，代表作品有《砂之器》、《零的焦點》、《日本的黑霧》等多部。松本清張的嘴唇又厚又腫，下唇尤其突翹。

道我們是生是死。在北京過七五三節[17]時，外公會寄衣服來祝賀。此外每個月還會寄《KINDER BOOK》和《幼稚園》這類兒童雜誌，也會寄人偶給我。有一張哥哥抱著《幼稚園》、我抱著人偶拍的照片，應該就是為了寄給外公而拍的。聽說真的有人把外公誤認為吉田茂，後來可能是因為松本清張的嘴唇才知道認錯人了吧。

忘記是哪一年了，只記得是某個暑假，媽媽帶我們幾個小孩去東京。那時候好像沒有哥哥和小妹，嬰孩是大妹還是小妹，我也記不清了。在火車裡，母親說：「東京的家裡有生病的親戚，所以你們要安靜點喔。」當時連還是小孩的我，聽到生病都會認為是肺病，所以我猜想是個臉色蒼白、身形消瘦的人蓋著棉被躺在床上。

那是個酷熱的夏日。牛込柳町的商店街已燒成一片廢墟，只有像路邊攤的攤商並排著。在一間掛著遮陽簾的冰店裡，母親對我和弟弟說：「等一下會有人過來幫忙拿行李，你們在這裡等，不要亂跑喔。」說完便揹起嬰孩，往熱到發白的道路走去。

等了好久沒有人來，等到我都覺得我們可能被母親拋棄了之際，突然來了一個嬌小的女人，岔開雙腳、氣勢磅礴地站在我面前說：「你！你！你是洋子嗎？」好像在罵人，然後拿起放在地上的行李邁步走去。她走路的姿勢前傾，一副快要向前摔倒似的，就這樣走在彎彎曲曲的狹

17・為了祝賀小孩的成長，在男孩三歲、五歲，女孩三、七歲那年的十一月十五日舉行的祝賀儀式。

窄路上，一次都沒有回頭，一句話都沒說。這個人到底是誰？總覺得怪怪的，看起來不是普通人。她打開位於狹窄道路盡頭的一間房子的大門，進入玄關後說：「我拿來了喔！」還是說得像在罵人似的，然後頭也不回就直接咚咚咚上了二樓。

阿姨儘管臉很長、身形瘦高，不過還是一眼就能看出和我那個圓嘟嘟的母親是姊妹。兩個表弟表妹在家裡跑來跑去。

見面的瞬間，我就覺得我和阿姨有什麼共通之處。

這時，有個長相嚇人的男子嘻嘻嘻地出現了。他的臉很長，剃著光頭，只會說「嘻嘻嘻」，然後蹦蹦蹦地往上跳，邊跳邊說：「呵呵呵。」原來他不會說話，我第一次見到這樣的人。阿姨說：「拿著茶到二樓去吧。」然後給他一個綠色大茶碗又說：「拿去，這是附贈的。」給了他兩支香菸。那個人又說了呵呵呵，便乖乖上二樓去了。母親把臉撇開，什麼都沒說。我受到很大的驚嚇，眼睛睜得又圓又大，好像在看什麼恐怖的東西。「不用怕，他不會怎麼樣，不會把你抓去吃。」

母親說過，她只有一個妹妹，還說外婆早就過世了。

所以母親說生病的人，指的是剛才那些人之中的誰嗎？

在客廳，我和阿姨兩人獨處時，我問阿姨：「那個人是誰？」阿姨抽著菸說：「你媽是怎麼說的？」「說是親戚。」阿姨聽了哈哈大笑。「哦？親戚？親戚啊。對啦，也算是親戚啦，那個人是我弟弟，剛才幫你搬行李的希美是我妹妹。」「那也是我媽的弟弟妹妹囉。」「對啊！姊姊真是的。」我受到很大的打擊。我第一次見到那樣的人。

忘了是隔天，還是隔天的隔天，一名身材嬌小、穿著和服的年長女性出現在客廳。我好像在外面玩，又可能是在跟表弟表妹玩，記不清楚了，只知道回來走進客廳一看，氣氛有點詭異，身材嬌小穿著和服的婆婆在哭。那個婆婆走了之後，母親靠在客廳旁的緣廊柱子上，揉著眼睛。

那時候，我突然懂了。那個人是外婆，也就是母親的母親。原來外婆還活著。

我曾問過妹妹：「你有沒有從媽那裡聽過小重和希美是她弟弟、妹妹的事？」「沒有，是後來無意間知道的。」「你要結婚的時候，把小重他們的事跟山口說了嗎？」「有啊，我說了。」「沒有出問題嗎？」「他說：

『事到如今說這個也沒用』。」「啊哈哈哈，我跟你說，我要結婚那時，媽煞有其事地跟我男朋友說有件事一定要在我們結婚前告訴他。那時候我猜，八成是要講小重他們的事，結果她說：『我這個女兒曾經答應我，要賺學費給她妹妹，我才讓她去念大學，這個承諾請務必遵守。』根本沒有提小重他們的事耶。後來，我和母親兩人獨處，她跟我說：『你就什麼都別說，先把婚結了，結了婚以後就沒辦法了，沒有必要什麼事都主動說出來』。」

妹妹說，她不記得母親是否跟她說過相同的話。

但是我不想矇混也不想說謊，還是主動跟對方說了。那究竟是天生的，還是小時候生病發高燒造成的，阿姨說她也不知道。

我跟論及婚嫁的男友表白，過了兩天，他說不能跟我結婚了。當時我感到一陣暈眩，不由得哭了。

後來我帶他去找阿姨。

阿姨當著他的面說：「洋子啊，為了這麼點事就不願結婚的人，嫁給他也不會幸福。至於你，是誰叫你不要結婚的？」「我父母。」「哦，這樣啊。洋子的兄弟姊妹，沒有一個像他們那樣有問題吧。我家也是，孩子都是很正常啊。洋子啊，這種人就別嫁了，像你爸爸還有我老公，不都跟我們姊妹結婚了嗎？能夠接受這種事的人一定會出現。」

阿姨真的很威。男友被她這麼一說也低下頭去，最後我們結婚了。

「可是姊姊後來你不是離婚了，早知道聽阿姨的話別嫁就好了。」

「真的，我應該聽阿姨的話。」

我是擔心那種病可能會遺傳才坦白說，不過當時就算結了婚，我可是完全不打算生小孩。深怕我和母親一樣無法愛小孩，那該怎麼辦？一方面是基於這種不安，另一方面是我很喜歡我的工作。

「可是那個臭老太婆（我這樣稱呼我婆婆）一開始怕會遺傳所以反對我們結婚，結果結婚後居然一直催我生小孩。後來我不是一直沒生嗎？每次見面她就說：『現在這個時代真好啊，要是以前女人結婚三年無子就被休了。』居然跟我講這種話耶！她是真的很想把我休掉吧。」

「所以說，姊姊，那個臭老太婆根本也不是怕遺傳什麼的，她只是討厭你啦！」「啊—啊—確實如此啊。」

當我在懷舊海報展看到那幅一定會被當成名作流傳的赤玉葡萄酒海報，馬上就會想起母親是她們那個時代的美女，覺得她真是生對時代了，運氣真好。那只是一張胸部微露、豐滿的年輕女孩拿著葡萄酒杯的簡單海報，但在那個時代，只要頸部以下稍微露出就算是性感了吧。雖然母親豐滿的體態和那海報女郎很像，可鼻子卻是圓圓的，不過要說像也有點像啦。

很久以前，父親還是高中老師的時候，他的學生經常聚集在我家那間四疊半榻榻米的狹小房間。

父親會讓未成年的學生喝酒。學生常常起鬨說：「老師，說說你轟轟烈烈的戀愛故事啦。」父親只要酒一下肚，心情就大好，但他也只是不置可否地笑了笑，倒是母親很起勁，興奮中帶點輕佻地說：「哎呀，討厭啦，這多叫人害羞啊。」聽得學生哈哈大笑。那時，母親才三十幾歲。

我稍微有點歲數後，母親非常世故地說過好幾次：「最好不要跟你最喜歡的人結婚，要選第二喜歡的。」

「為什麼說是轟轟烈烈的愛戀？」「可不是嘛，因為你爸是橫刀奪愛呀。」

咦？原來爸媽是夏目漱石派啊[18]？

「為什麼沒跟那個人結婚呢？」「因為他們算是好人家。」和我這時不同，那個時代非常講究門當戶對。「我在尾張町的轉角處，頭也不回地

18・夏目漱石的作品中，例如《心》和《門》都有搶走好友心愛女人之橋段。

跟他分手了。」我猜母親絕對沒有把家裡的事跟那個人說。

父親追母親，想必追得很緊吧。

依我推測，父親和母親沒有舉行婚禮。那時正值世界經濟大恐慌，工作非常難找，父親剛當上四國的中學老師，是憑著劍道四段這個附加條件才找到教職，據說薪水也比同事多出十圓。父親很有才氣，也有聲望，論文也得過幾次獎，這是最近我從堂姊那裡聽到的：「原本以為他一定會當學者，可惜身子太弱。」身子弱可是精子很強嗎？

我長大後在銀座四丁目的轉角處想到這就是母親和情人分手的地方，不免有些感慨，但我在頭也不回地走掉的母親身上看不到什麼感情，只見到最時髦的摩登女郎。她是個務實的女人，對現實的判斷非常精準，這點令我很佩服。我從來沒看過母親感情用事。

「我一開始就決定和帝大出身的人結婚喲。」母親這麼說，但事情會這麼順利嗎？最後她如願以償了，我發現這正是母親虛榮的核心。母親還說過：「女人啊，要讓男人來向你求婚才是本事。」

父親寫得一手好字。據說他曾經用捲紙寫信給我外公請他允婚。雖然外公只讀到小學，但看了想必非常感動吧。父親先行赴任，母親隨後帶著襁褓中的哥哥搭船去四國。

堂姊說：「利一叔叔曾經當過宮內廳[19]侍衛長家的家庭教師，還跟侍

19・日本政府中掌管天皇、皇室及皇宮事務的機構。

衛長的女兒論及婚嫁呢！那時親戚們都笑翻了，說他一個左翼人士居然要娶侍衛長的女兒？」我也笑了。

看來這兩人是姻緣註定的啊。

相較之下，阿姨重感情，不愛慕虛榮，她和比她小四歲、沒什麼學歷的溫柔姨丈結婚，然後照顧兩個弟弟妹妹一輩子。她張羅了我的曾外祖母和外公的葬禮。外公生病時，阿姨也毫無怨言地獨自照顧他。

母親背對著門口睡覺。

我鑽進母親的被窩裡，輕輕撫摸她的臉頰。「媽好漂亮喔！年輕的時候很多人追吧？」「還好啦。」我笑了，然後母親也笑了。真是了不起啊，知道適當地附和。母親邊發呆邊說：「我已經沒有爸爸也沒有媽媽了。我好可憐。不過還有奶奶在，我回家一看，有個胖胖的人在，那是誰啊？」

11

我想，我是個不受大人喜歡的小孩，想必是散發著令人討厭的氣場。事實上，我確實是個令人討厭的孩子。

我曾把玩伴阿隆從藤架上推下去，也曾在傍晚天色暗下來時，把皮球埋在沙堆裡就回家，因為之前阿隆把我的皮球扔到護城河。我沒有向母親告狀的習慣，因為只要一告狀，母親就直勾勾瞪著我說：「一定是你又幹了什麼好事吧。」與其被她直勾勾地瞪著，不如和阿隆大幹一架，打到渾身是泥還比較好。

有一次，我把腳踏車靠牆邊放，不小心把我最珍貴的洋裝勾破了。

我沒有跟母親說，而是煩惱了半天，最後去找雅惠的母親，對她說：「對不起，請幫我縫補衣服。」雅惠是白皙文靜，被母親捧在手掌心疼的孩子。我可能早就明白了，疼愛女兒的母親一定也會對女兒的朋友很好。

然而這件事之後，我開始欺負起雅惠。現在我能明白那種心理作用，但當時我就只是火大。因為雅惠講話開頭一定是「我媽媽說……」，而且還輕聲細語。她當然不會爬樹或爬上藤架，動不動就低下頭。

在校園拔草時，雅惠說：「我媽媽說，只要在小時候拔除壞習性就不會變成壞孩子，跟拔草是一樣的唷。」我在心裡說：「可是剛發芽的時候，還不知道是好還是壞吧。」還有，我最喜歡拔掉那種長得很大，幾乎快要彎下來的草，有種快感，棒透了。

後來我考上了中學，雅惠沒考上。老實說，我覺得很痛快。不過看到榜上有名的山口拚命安慰落榜的雅惠時，我心情很複雜，因為我喜歡山口。

放榜後，我趕緊衝回家，跑得汗流浹背。一進門就興沖沖地說：「我考上了喲！」母親在洗碗，沒有看我。「你不是說只是考考看嗎？去那種地方你會更囂張。」

我考上的是大學附屬中學，所以不需要花什麼錢，但是連父親都不贊成。當別人家正在煮紅豆飯慶祝時，我們家的晚餐時間只有我垂頭喪氣。

對自己不利的事，我都忘了。只記得我愈說愈激動，拚命地說我要去上學我要去上學，或許還答應了很多我做不到的事，說倔強是倔強沒錯，但我究竟倔強到多難以應付的程度，我完全想不起來。我認為人一生的記憶，只會留下對自己有利的部分。

後來我還是入學了，十三歲叛逆期也跟著起跑，而且火力全開。具體來說，我究竟討厭母親什麼呢？我完全想不起來，反正我就是看她不順眼，光是聞到她的味道，我就火大。夾雜在脂粉味裡的體臭，寬闊的背和磨臼一樣的大屁股。不管跟她說什麼，她都立刻回一句「才沒有這回事」，還有說起話像用瓦片在敲人家頭的語氣。不只是對我，她連對弟弟妹妹也會大吼「吵死了！」那種令人不敢近身、粗暴的言行舉止……我能想起的，大概只有這些。可是叛逆期是沒有止盡的，上了高中以後，依然是沒完沒了的叛逆期。

然後，我也成了加害者，在家裡完全不發一語。到十八歲為止，我幾乎沒有開口說過話。比我小八歲的大妹，非常受不了我那時的臭臉。

這位機巧的二女兒看著我這個負面教材學聰明了，待我發覺時，她已經很懂得如何討母親歡心，至於自己想做的事，就在母親看不到的地方為所欲為。她也很得父親的喜歡，因為她懂得撒嬌。父親曾對這位二女兒說：「你跟你媽很像耶。」是指她們的臉蛋長得很像吧。

母親每次看到二女兒，便會誦經般地說：「你可別變得像洋子那樣。」

至於比我小十二歲的小妹，我則是把她當作寵物來疼。不管騎著腳踏車去哪裡，我都會載著她。如果下雨了，我會蹺掉下午的課，打傘去幼稚園接她。她的毛衣和連身洋裝都是我幫她刺繡，她去遠足時會替她做便當。但這些小妹都不記得，她只記得有一次，在腳踏車上把我放了二百四十圓的錢包弄丟了，被我臭罵了一頓。還有一次，她坐在腳踏車的後座，不小心把腳伸進車輪裡，我沒有立刻發覺，害她腳痛得要命……她只記得這種事。

人本來就是沒有道理的。

升上高三後，為了考大學，我經常去東京。

那時外公已經過世。

我逐漸習慣只會說「嘻嘻」的小重，和幾乎不開口說話、走起路來咚咚作響的希美。

阿姨跟我說：「洋子啊，船到牆頭就會自然直，像由美子就會保護小重，太郎則會照顧希美喲。」阿姨家充滿了我家沒有的氛圍。任誰看到嘻嘻小重都會回頭多看他一眼，姨丈仍會帶著這樣的小重去澡堂，幫他清洗全身。

小重不會說話，偶爾會因此生氣。他生氣時會流口水，一邊哭一邊死命拉自己的耳朵。這時小學四年級的小由美就會立刻在茶碗裡倒茶，拿到小重的身邊說：「你看你看，茶來了喲。乖，來喝茶。」有時能讓小重平靜下來，有時不管用，小重會更拚命地大叫「哦哦哦！」一邊用蠻力拉耳朵，拉到耳根都滴出血來。這時姨丈會緊緊抱住他，用柔道的擒拿術把他壓制在榻榻米上，在他身上騎坐一會兒，然後大聲咆哮：「小重，不可以這樣！」聲音裡完全不帶一絲憤怒與憎恨，讓我感動不已。對姨丈而言，小重可是毫無血緣的外人喔。

當我喝著茶配點心時，太郎會立刻說：「希美的份呢？」

我曾經問阿姨：「為什麼你結婚後沒有離開家裡？」「我要是走了，誰來照顧小重和希美？」「我媽不是長女嗎？」「這麼說可能不太好，或許是一切都安排得好好的，你們家不剛好就你爸爸過世了。」可是我知道，外公過世的時候，父親說過：「那兩個孩子，我們家得領養一個吧。」母親立刻大聲反嗆：「我可不幹！」然後真的安排得很好，父親也過世了。

小重和希美的事在我家成為話題，也只有在這個時候。而母親一輩子沒有自她的口中說過這兩個人的名字。

我打了電話給渡邊老師的夫人。老師五年前過世了。渡邊夫人寫信寄到養老院給母親，但母親已經臥床不起，什麼都不知道了。

老師也是失智後才去世的。已經八十多歲的夫人說她花了五年的時間才接受丈夫的離世。從以前我就覺得他們夫妻很像與謝野鐵幹和晶子[20]。他們不是夫妻，而是一輩子的情侶。

老師新婚不久就出征了，從戰場寄來一首詩給夫人。

遊子思念母親哭泣時，黑髮人也會心痛嗎？

夫人回了一首詩給老師。

掛念故鄉母親的嘆息，你是溫柔大丈夫。

夫人是永遠的文學少女，永遠都是大阪船場的千金小姐。

最後一次去探望老師時，老師說：「洋子，我的腦袋變笨了。」夫人將食指按在白皙的臉上，凝視著老師說：「以前無論什麼事，我都是讓藤男做決定，現在我真的不知道該怎麼辦才好。因為習慣使然，一有什麼事就叫聲『藤男』，已經改不了了。」我不知道如何回話，只是看著眼前這個美好的世界。

我從小就很喜歡夫人。有一年的年底，夫人用年終獎金買了三雙白色皮革長靴。一雙是男用的，一雙是女用的，一雙是兒童的，三雙並排

20・與謝野鐵幹（一八七三～一九三五）和與謝野晶子（一八七八～一九四二）乃明治至昭和時期的詩人夫妻。尤其與謝野晶子著述頗豐，日本作家田邊聖子評為：「千年一遇的天才。」

在一起真是美極了，那時候，這種長靴真的很罕見。但年終獎金也就因此沒了。

母親是個務實的人，對於這種作風不以為然，還說了一些「有的沒的」，但我就是從這時候開始喜歡夫人。

只會說「有的沒的」的母親，用微薄的年終獎金給每個孩子買了新內褲，然後把舊毛衣拆掉重織，為我們準備了新年穿的衣服。除夕那天煮了蕎麥麵，用大盤子擺上年節料理。

無論母親如何打罵小孩，她的家事能力無可挑剔。雖然我也老是對母親說些「有的沒的」，但料理、編織、縫製衣服等技藝，都是我在母親身邊學會的。

渡邊老師的夫人三重子女士，在二〇〇四年出版了《一九四〇——渡邊藤男戰前日記》。我從來沒看過在知性層面上也能如此相愛的夫妻。如今三重子女士的地址，變成東京的養老院。

「我是被孩子們送進來的。不管我怎麼跟孩子們說我不要住養老院，他們都不聽。我真的很討厭這種地方，太荒謬了，時間被切得零零碎碎的，一會兒吃點心，一會兒吃飯，一會兒玩摺紙遊戲，然後又是唱童謠之類的，我又不是小孩子，在這裡住久了真的會變笨。」

母親也算是被我騙進去的。乖乖聽話住進養老院的母親，特別令人心疼。

她剛住進去時，每當我探望完要離去，她總是站在玄關前笑著對我揮手道別。只要想起這一幕，我就難過得要命。不管過了多少年，我都認為是我拋棄了母親。

三重子女士曾在電話裡如此鼓勵我：「即使待在這種地方，我也會努力。洋子也要好好努力喔。」一直到八十六歲，她依然燃燒著對文學的熱情。我認為並排的三雙白長靴也是文學。

母親八十六歲時，把煎餅放進錢包裡；三面鏡梳妝台的抽屜裡，出現了捲筒衛生紙。還有就是已經跟她說不用了，她還是要拖著兩條腿，一邊抓著我的手臂走到玄關前，揮手向我道別。

今天母親也是背對著門口睡。

我茫然地看了她一會兒。

三面鏡梳妝台裡，已經什麼都沒有了，只殘留著些許粉餅味，空空如也。

母親的腦袋裡，也像三面鏡梳妝台的抽屜一樣嗎？

12

我重考期間和大學四年的生活，不斷在阿姨家進進出出又出出進進。

我在學校宿舍住了兩年左右，一年到頭都有朋友在我房間久坐，我也經常待在朋友的房間。不知不覺中，我的綠色天鵝絨夾克不見了，有天在路上看到朋友穿著這件夾克，她說：「啊，我借來穿穿。」我可能也做過同樣的事吧。我心想，嗯，我得振作才行，於是去了阿姨家，煞有其事地說：「我想發憤圖強，用功讀書。」

阿姨很佩服地說：「洋子，了不起。」但又接著說：「可是只能和小重他們睡同一個房間喔。」三個人睡在六疊榻榻米大的房間，還會聞到怪異的味道，不過我很快就習慣了。不管怎麼樣，人都是會適應的。

姨丈在水產公司工作，一上了捕鯨船，就會半年不在家。有我在阿姨可能心情較輕鬆，希望半大不小的我可以跟她說話聊天。我住在阿姨家時，真的很常跟她聊天。我很喜歡阿姨，我知道阿姨對家人和外人都很好，我們也很談得來。

不過阿姨的個性有點像黑道大姊，當她用菸管敲矮桌說：「喂，給我來這裡坐好！」我嚇得都快跳起來了。至於她說教的內容，我完全不記得。很久以後，有次阿姨跟我說：「對你說教實在很有趣，你會低著頭說對不起，真是個老實的孩子啊。」我大吃一驚，咦？我老實？我對母親都是直接對槓，倔強得不得了，從來不認為自己老實。

有時候母親也會來東京。母親從來到回去為止都端出客人的樣子。我和阿姨在廚房張羅，竊竊地說：「她憑什麼坐在那裡大剌剌地耍威風啊。」「啊哈哈，因為她了不起嘛，她是長女呀。」阿姨是個很愛笑的人。

吃晚飯時，全家聚集在餐廳，母親居然跟阿姨說：「喂，把這些人趕到一邊去，有他們在，飯都變難吃了。」我不敢置信她居然說得出口，阿姨卻笑著說：「你們去廚房吃吧。」沉默寡言的希美睜大眼睛瞪著我媽，站了起來。

對母親而言，弱智的弟弟妹妹究竟算是什麼？她來了也從不跟他們說話，這個人難道沒有感情嗎？阿姨卻是非常重情重義。

我討厭母親，但不是討厭身為母親的她，而是身為一個人的她。

我跟阿姨說過好幾次：「為什麼不跟她絕交？她實在太過分了。」「畢竟她是我唯一的姊姊。而且你看，他們兩個又是那個樣子。」「可是阿姨你不生氣嗎？」「我當然也會生氣啊。這種時候，我就會到佛壇前一邊念經一邊說我沒有姊姊、我沒有姊姊。」我猜，阿姨大概從來沒有當著母親的面責難過她，也沒有跟她吵過架。

姨丈是受薪階級，若不接受輪調就無法升遷，可是姨丈還是放棄了。一來是公司宿舍太小，再則是覺得對公司的人也不好意思，但姨丈也從來沒對母親發過半句牢騷。

到了最後，姨丈調職去大阪。那時阿姨把已患重症的小重送進千葉的社福機構。剛送進去不久，我就開車帶阿姨去千葉看他。一個月一次，阿姨一定會從大阪到東京，去小重那裡看他。每次去，阿姨一定哭著回來。因為我們離開時，小重會動也不動、直直地站在那裡，直到看不見車子為止。

人都是會習慣的。過了一陣子以後，小重交了很多朋友，照顧小重的工作人員也有人是智力不足的。即便阿姨去了，小重也是一直開心跟在朋友的後面走，阿姨要回家時他會開心地笑。

阿姨雖然笑說：「這孩子真現實啊。」不過我想她感到安心了許多。儘管如此，阿姨還是每個月一定從大阪遠道來看一次，一直到前年小重去世為止。阿姨也已經八十多歲了。

母親失智了，什麼都不知道了。

可能比重度智障的小重更智能不足。

小重喜歡茶和香菸，所以阿姨一定會帶茶和香菸當伴手禮。小重嘻嘻地笑著拍手，然後自願負責照顧小重的朋友就會收下伴手禮，確實放進小重的壁櫥裡的角落，對小重說：「這裡，這裡，知道吧，小重。」然後還自信滿滿地說：「每天三根喔。」或許從孩提時代就讓他過這種團體生活會比較幸福吧，我也不知道。阿姨看得哈哈大笑，然後一如往常地哭了一下。

我放假回老家時，嚴詞逼問母親：「你為什麼不去看他？」母親一句話也沒回答我，根本就是漠視。儘管如此，我還是嚴詞逼問。

有一次她說：「洋子，你是個傻瓜！」我整個無言了。

一直到前年小重走了為止，母親只去看過他兩次。

第一次大概是在小重進入社福機構十五、六年了吧。那時我已經結婚，也生了小孩。

母親和阿姨一起去，回來之後，母親到我家來。她一邊換下和服，一邊像小孩對父母頂嘴似的，大吼大叫地說：「我去看回來了啦！」原來是我一直念她，她才去的。這個人對她的弟弟只有嫌惡，沒有絲毫感情。

第二次去是又過了十年之後，那時候阿姨告訴我：「我跟你說喔，在車站時，姊姊竟然說：『我可把話說在前頭，這是最後一次了。』」然後哈哈大笑起來。「很嚇人吧。」阿姨吐出一口煙，看著煙霧裊裊上升。

「嗯……」我也嚇了一跳，倒在榻榻米上看著天花板。

「阿姨，外公或外婆，有沒有誰是像我媽那樣？」

「才沒有呢！你外公很重感情，而且他很喜歡姊姊喔。」「那麼，跟人私奔的外婆呢？」「你外婆是做了蠢事，可是她還是很善良喔。」「那我媽怎麼會變成那樣呢？」「誰曉得，應該是天生的吧。」「她小時候也是這樣？」「是啊。小重小的時候，會在外面大便。附近的小孩會來跟我們說小重大便了，可是姊姊會叫我去收拾，『良子，你去弄！』她一次都沒去過喔。」「為什麼阿姨要對我媽唯命是從呢？」「因為她是長女，了不起啊。」阿姨哈哈大笑。「為什麼我媽結婚以後，就沒回娘家了呢？」「因為她一直說非東大不嫁，後來不是真的找到一個東大的，然後就去了滿州。」「我爸到底看上我媽哪一點啊？」「胸部啦，胸部，還會這樣搖來晃去呢。」

阿姨做出低俗下流的捧胸動作。阿姨長得瘦瘦高高的，胸部平得跟飛機場一樣。「阿姨為什麼會嫁給姨丈呢？」「因為我覺得這個人一定會願意照顧小重和希美，他真的是善良到無可挑剔。」「我猜得果然沒錯。」「可是你也知道，就是那方面的事啊，外遇外遇。」「只不過一次而已嘛。」「哎呀，原來洋子是這種人啊。我連一次都無法原諒，一輩子都不原諒。」

我要是帶朋友回家，阿姨會對我朋友說：「吃了飯再走。」然後在廚房跟我說：「這下得多做一人份，你要把這個拍大一點。」我拿著啤酒瓶拍打炸豬排的肉片，把豬肉拍得張開來。結果阿姨笑說：「拍成太大片了啦，都搞不清是肉片還是肉紙了。」真的好好笑。

走起路來咚咚咚的希美有次也不知道什麼緣故，變得好倔強。「真是拿她沒轍，頑固得要命，都不肯跟我說話呢。」阿姨真的很辛苦。「不過，你看著吧。我只要跟她說：『希美啊，你再這樣不聽話，我就把你送到姊姊那裡去喔。』她的眼神就會滿布恐怖，反射性地嚇到站起來。」然後阿姨戳戳我，大聲笑說：「這一招最管用！」我感到很詫異，心想是不是弱智的人比任何人更明白什麼是無情呢？「外公不知道母親這種個性嗎？」外公六十歲時死於胃癌。阿姨每天去醫院，一個人一直照顧外公到最後。他是手術之後，大約一年過世的。母親只去看過一次，還是因為病危、意識昏迷才去的。

「你外公臨終的時候說，靜子不行啊。」可憐的有著松本清張嘴唇的外公。

難道母親也不愛她父親嗎？

可是母親知道我和阿姨感情好到常黏在一起，說了一些不會跟她說的話，還會互相搞笑，她什麼也沒說。換成是我站在母親的立場，一定會不高興，可能還會說一些嫉妒和挖苦的話。但是她真的什麼都沒說，半句也沒說。

我猜，母親大概從來沒對阿姨說過一聲「謝謝」，也從來沒有因為把責任都推給阿姨而說句「對不起」，但我不認為她心裡從沒這麼想過。

有一次，她曾這樣對我說：「對啦，對啦，反正我會下地獄，良子會上天堂吧。」

母親對任何人都不會說「謝謝」和「對不起」。

當她和父親吵架，父親吼著說：「你給我道歉！」她說：「我道過歉了呀。」「你什麼時候道歉了？」「就剛才啊，我剛才不是說了『這樣啊』。」把父親惹得更火大了：「日文沒有這種道歉法！」

不知道是「謝謝」和「對不起」跟她的嘴巴不合，還是她在人生一開始就弄丟了說謝謝和對不起的機關。是哪裡被堵住了嗎？

或者是，她對任何事情都不抱感謝和贖罪的心情？

又或者是，她認為說謝謝和對不起就表示人生輸了？或是她的自尊心一直處於抓狂狀態？

母親不說對不起，取而代之的是搶先鬼叫：「才沒有這回事！」這意味著，她完全不聽別人說話。

當我活到三十歲、五十歲時，母親也已五十歲、七十歲了，日本已富裕起來了。

母親一直住在清水，三個女兒分別住在東京與關西，各自有伴侶，連孫子都跑出來了。女兒們不再吵架，大家的日子都過得很平穩。

母親穿著整潔，妝總是化得很漂亮，看起來比一般老人家年輕太多太多，任誰看了都會佩服地說：「哇，好年輕喔。」她總是裝模作樣摀著嘴呵呵呵地笑，看起來真的很開心。

大概是母親快要七十歲的時候，我又提起小重和希美的事。「媽，這不是什麼丟臉的事吧。家裡有這種人的家庭多得是，你看看大江健三郎[21]。」母親立刻尖叫：「那是他的賣點吧。」我整個愣住。

13

「火災在哪裡？在牛辻。」這個梗源自江戶時代。

阿姨家附近有個尿騷味很重的電影院，在那有第二東映[22]的時代，我和阿姨常去那間電影院看電影。阿姨很喜歡一位名叫大川橋藏[23]的演員，常說他「眼神好性感」，另外也喜歡市川雷藏[24]。

大川橋藏在劇中，雖然是個流氓也是打火隊員。電影裡有一幕小弟衝進來說：「發生火災了！」「在哪裡？」「在牛辻。」頓時電影院裡哄堂大笑，因為這間電影院就在牛辻的正中央。然後，真的發生火災，燒毀了三十九間房子。那是二月一個星期天中午的事。

那時阿姨和我正在做家庭代工，把布貼在紙箱上。至今我還記得布上的青色木棉條紋。「發生火災了！」當時念小學的表弟太郎衝進來說。發家庭代工給我們的包商大叔也同時衝了進來，鞋子沒脫、半句話也沒說，就把家庭代工的材料抱走了。

我嚇壞了，正想上二樓時，寄宿在二樓的早稻田研究生像顆子彈飛了進來，還沒到玄關就聲嘶力竭大喊：「論文！論文！」一路衝進他的房

21・大江健三郎（一九三五～），日本小說家，一九九四年榮獲諾貝爾文學獎。他的兒子因頭蓋骨異常，導致智能不足。

22・「第二東映」隸屬東映電影公司，成立於一九六〇年，不只拍攝電影也經營電影院，但不到兩年便改成新東映而解散了。

23・大川橋藏（一九二九～一九八四），歌舞伎演員。

24・市川雷藏（一九三一～一九六九），歌舞伎演員。

間。

我上到二樓，此時火勢已經燒到四間房子外，我感到臉很燙。明天是我第一次重考大學的日子。我的考試用具是整套的，因為我要考的是美術大學，不是鉛筆和橡皮擦就足夠了，而是整個一大包。我背著一大包考試用具下樓時，阿姨翻白眼對我說：「別只顧自己，這種東西晚點再搬！」然後就把棉被往我身上蓋。

但是，我無法放棄自己的未來。

火勢在隔壁的隔壁間停了。為了阻止火勢蔓延，消防員把隔壁的隔壁那間房子拆了。儘管這裡是牛辻，燒掉三十九間房子也算是大火災。

我把水桶裡的水往二樓屋頂的瓦片潑，瞬間冒出了一團熱氣，但瓦片依然白白乾乾的，事後成了笑話。

平常總是裝模作樣、嘟著櫻桃小嘴的藥房太太也過來幫忙。她穿著和服，露出整個小腿爬上廚房屋頂的模樣，後來也成了笑話。

有個完全不認識的大叔衝了進來，一個人把冰箱扛了出去，事後大夥兒笑說：「那人是誰啊？」家裡變得泥濘不堪，我和研究生和表妹一邊擦拭榻榻米，一邊笑翻了。

這場火災讓我學到一件事。比起我家裡的情況，那位家庭代工的發包商鞋子沒脫就衝進來保護材料，讓我知道工作是責任重大的事；研究生大喊「論文！論文！」衝去搶救的拚勁，也讓我明白什麼才是最重要的。

可是阿姨卻說我想到明天的大考是「只顧自己的事」，讓我難以釋懷。

如果我是阿姨的孩子，她會怎麼說呢？比起別人家小孩的未來，把又髒又舊的鞋子扔進床單包起來比較重要嗎？或者她只是太激動了。

小時候，母親吩咐我幫忙做什麼事的時候，因為我很怕母親，只好一邊幫忙一邊說：「我跟某某某約好要出去玩，不過，算了。」結果母親說：「那就快去啊，答應的事就要做到。」

那時候，表妹念中學，暑假作業要畫畫。阿姨跟我說：「洋子，你幫由美畫吧。」我說：「等由美畫好了後，我可以幫她改。」

由美的調色盤是純白的雪白。我說：「由美，把顏料全部擠出來，擠多一點。」她竟然說：「啊？這樣調色盤會髒掉耶！」我大吃一驚，但還是跟她說：「畫完了叫我。」然後就不管她了。

到了晚上，阿姨把我叫去：「你過來坐下。」我乖乖坐好後，阿姨說：「我叫你幫她畫畫，為什麼不照我的話做？」「因為，如果由我來畫，這就不是由美的畫了。而且以國中生的畫來說，畫得太好一下就會被識破，所以我才決定只幫她修改。」「這有什麼關係？由美的美術成績很差，只是稍微、稍微幫她畫一下又不會怎樣。」我沉默不語。這實在太離譜了，我只好持續保持沉默。

「你到底要倔強到什麼地步。」

接下來的事我忘了。我只記得我哭了，所以最後應該是幫由美畫了吧。阿姨沒有「社會」這種認知。她不問世事，只知道全心全意愛家人，但這其中完全沒有惡意。

我想起小妹小時候沒寫暑假作業，事到臨頭，大妹卯起勁來幫她寫算術練習簿，我則幫她編日記，她照我說的話寫。母親大發雷霆怒斥：「讓她自己寫！」

我的叛逆期既激烈又漫長，母親曾哭著說：「我到底是哪裡做不好？」我回了一句：「你不溫柔。」母親沉默了。我對她那時的沉默印象深刻，如今依然記憶鮮明。因為母親不管人家說什麼，她的回應都從「才沒有這回事」開始，而且這種情況持續了一輩子，這種個性也遺傳給我們姊妹。大妹以激烈的「才不是呢！」取代了「才沒有這回事」；我則是老愛說「可是」，到現在我們兩個都還會這麼說。

父親有個毛病，一喝酒就帶人回來，就算沒喝醉，他也很喜歡和人群接觸。在北京時，他還曾蹲在乞丐旁跟人家聊天。中秋節的明月之日，我家院子聚集了很多人，父親和客人一邊喝酒，一邊抬著下巴望著夜空。

遣返回國後，父親成了高中老師，學生來家裡玩，他很喜歡拿酒給未成年的學生喝，和他們一起高談闊論。他的同事會來我家喝酒，很久以前的老朋友也會遠道而來。

儘管這種時候，母親也會下廚做菜，高高興興地同席說笑。最過分的是，父親大半夜也會帶醉鬼回來。母親就算已經睡了也會立刻起床，準備酒菜陪醉鬼喝酒，從來沒對父親發過半句牢騷。

父親很喜歡講一些高深的理想或哲學，到了最後還會唱起我不知道是什麼語的〈國際歌〉，渡邊老師則是用德文唱〈菩提樹〉。

父親是個左翼分子，這點毋庸置疑。可母親沒有受到他的影響，是個頑冥的現實主義者。她絕對不會參與他們抽象的討論，只是開開心心為醉鬼備酒，以現有的食材巧妙地做出下酒菜。

有一次，喝醉酒的學生說：「老師家是理想的家庭啊。」我在隔壁房間聽到（隔壁也只有這個房間），大吃一驚。理想的父母每晚都會吵架啊。我上了中學以後常常想，這種談不來的夫妻為何不乾脆離婚算了。

然後我就想，要是他們離婚，我會選擇照顧父親，因為我喜歡父親。

不過就算父親回家時，母親正在煮晚飯，她也會放下鍋碗瓢盆跑去三面鏡梳妝台前啪啪啪地撲粉，然後「嗯嘛」地搽口紅。家裡雖然很窮，母親的穿著打扮卻總是整整齊齊。儘管洗完澡後會半裸著，但不管在家裡或外出，她從來不邋遢。

有一次，母親做了一件大衣。父親看了說：「這是什麼呀，簡直像花斑熊一樣。」於是兩人又吵了起來，母親又哭紅了鼻子。

母親看到那些每天穿和服的人把和服穿得歪七扭八，會極盡口舌之能輕蔑道：「搞什麼嘛，那個腰部的摺是怎麼打的呀，連裡面都看見了。」對不打掃家裡的人，就在背後說人家的壞話，把人家整個人格都否定了。

儘管住在破舊的大雜院，她也會自豪地說：「我家整理得很乾淨，簡直就像沒有小孩的家。」她說得沒錯，她很會整理打掃，櫃子裡的東西都是一個一個疊放得很整齊。母親是個精實能幹的家庭主婦，理財方面也很拿手。

後來父親調職，從靜岡轉到清水，我們也從大雜院搬到了稍小的獨棟房子，那時父親對母親說：「你去學一樣技藝，學到能獨當一面吧。」母親馬上去學草月流的插花，還學得很認真，順利取得了證照。

其實這人是優等生嘛。我曾經問過阿姨：「我媽以前很會念書嗎？」「對啊，所以你外公很喜歡她，她還上了好學校不是嗎？」

我寄宿在阿姨家後才發現，阿姨家從來沒有客人來。姨丈每天都一分不差、準時在同一個時間回來。我和阿姨在做晚飯時，阿姨回頭看著時鐘說：「你看著吧，再過一分鐘你姨丈就會回來了。」從廚房看得到外面的巷子。一分鐘後，姨丈真的出現在巷子裡。「看吧，我說得沒錯。」

阿姨咯咯咯地笑了起來，我整個嚇傻了。

可能是姨丈不喝酒，我沒看過半個姨丈的朋友。也可能是家裡有小重和希美在的關係。姨丈不需要朋友，對姨丈來說，阿姨和家人是他的全部，而將家人凝聚在一起的是阿姨。

我想姨丈是真的很愛阿姨。有年夏天，阿姨穿著一套雪白的套裝站著抽菸。阿姨和我媽不同，她長得瘦瘦高高，所以到了四十歲看起來還是很酷。「阿姨，你好漂亮哦！穿這樣真的好看！」我這麼一說，阿姨說：「你姨丈啦，都是你姨丈，他太愛面子了，真是的。是他把頭抵在榻榻米上向我拜託喲，說請你拿這些錢去做一套套裝，真是受不了他。」然後阿姨揹上綠色側肩包，和姨丈兩人去看電影。

他們兩人經常一起去看電影。阿姨喜歡葛雷哥萊・畢克（Gregory Peck），所以我想他們是去看好萊塢電影。阿姨和我是穿木屐去附近的第二東映看電影，和姨丈則是去新宿看，這在我家是難以想像的事。

我念中學時，有一次父親看著晚報說：「什麼美好的人生！根本是痛苦的人生。」說得振振有辭。我探頭一看，原來他是在說電影廣告。父親可能不認同娛樂這種東西吧。

母親很羨慕阿姨。母親喜歡賈利・古柏（Gary Cooper），她曾經提過「外籍兵團」[25]的事，父親則回嗆：「那太荒謬了，光著腳能走在沙漠裡？不被燙死才怪。」可能以前兩人去看過吧。

長大後，妹妹問我：「姊姊，你希望被阿姨還是媽媽來扶養我們？」

「這麼說對阿姨很不好意思，但我選媽媽。要是被阿姨他們家扶養長大，會變得像鯛魚燒的鯛魚一樣。有句話說『雖然不想遭人厭惡地活到長命百歲，但總比被人疼愛到死來得強』。他們家的孩子從來沒有叛逆期，一輩子都是阿姨聽話的乖寶寶耶。」

母親已經完全失智了。

「媽，你嫁的人是誰啊？」

25・電影《騎兵指揮官》（*Beau Sabreur*），一九二八年發行。

「我才沒有嫁人呢。」

「那，佐野利一是誰？」

「那是誰？」

「他是你的老公耶。」

「哦，這樣啊，他是我老公啊，愛說笑。」

我一笑，母親也開心地放聲大笑。

「媽，你生了幾個小孩？」

「不清楚，我沒生幾個啦。」

明明生了七個，死了三個。

「有男孩嗎？」

「應該沒有。」

母親明明那麼愛哥哥，那份悲痛也忘了嗎？消失了嗎？是因為人無法長期承受悲痛嗎？

母親變成了另外一個人之後，我第一次能和她溫馨地聊天。

我從來沒有喜歡神智清醒的母親，總是激烈地反抗她，她總是大聲嚷嚷地哭泣。然後，每次我都後悔。就像母親不說謝謝和對不起，我也不對母親說對不起和謝謝。如今回想起來我發現，我對母親以外的人會過度地說「抱歉，抱歉」、「謝謝，謝謝」，那是把母親當做負面教材的反應，但我從沒對母親說過這兩句話。

我十八歲離家，住進女生宿舍。到了晚上，室友曾用浴巾捂著臉跑來向我哭訴：「我想回家，我想見我媽。」好多女生都得了思鄉病，想家想得不得了。那時候，我覺得看到了從未見過的稀奇畫面。

妹妹曾經問我：「姊，你有沒有想過家？」「完全沒有。」「我也是。一次就好，我想知道想家是什麼感覺。」

可憐的母親，可憐的我們。人生啊，察覺時總是來不及了。

14

「媽，你記得瑛子嗎？」

「那是誰？」母親第一個忘記的人是瑛子。母親的大腦高明地把她最想忘記的人忘了。那時我在心裡暗忖：太好了啊，媽。

「洋子是個怎麼樣的人？」我這麼一問，母親說：「她嘴巴很毒，但是個很有責任感，可以依賴的孩子。」「那，道子呢？」「她是個自私的孩子。」「雅子呢？」「那個啊，那個人沒有用。」媽，你是認真的？還是在瞎掰？

關於道子和雅子，母親或許是基於袒護自己的立場做出這種評論。

都已經失智了，還保留著自我保護的本能。

「媽生了幾個小孩呢？」

「哎呀，我才沒有生小孩咧。」

大學畢業那年的十月，我結婚了。

那是我自己決定的，雖然對方的父母反對，但我根本不在乎。母親那裡，我是定下來以後才告訴她。母親哭著說：「居然沒跟家長說一聲。」一直罵我不孝，我看著母親哭泣，無動於衷。

有個朋友滿二十歲，說家裡要幫她慶生，邀請我去參加。那時我也二十歲了，心情很複雜，原來有家庭會幫二十歲小孩慶生。朋友是個大美女，身材高䠷像個歐洲人。那天幫她慶祝的都是家人，只有我一個外人。她是個非常普通的中產階級家庭的女兒，有個看起來很有教養、就讀知名大學的哥哥，以及雙親。

朋友在舉杯慶祝前致詞說：「感謝父母把我養育成人，沒有讓我吃到一點苦。我能在美好的家庭裡自由自在地長大，真的很幸福。今後也請多多關照。」說著說著語帶哽咽，稍微哭了。她的母親也泛著淚光說：「你從來沒有讓我們操心過，我才要感謝你平平安安長大。」這是在演電影吧？身材高䠷的她和藹可親、正直誠懇，所以不可能是演戲。接著大家就乾杯了，那頓飯吃得溫馨而熱鬧。我非常震驚，難道一般家庭都是這樣嗎？除了我家以外，大家都是這樣嗎？所謂的沒教養，是在說我這種人嗎？朋友若是向父母提起結婚的事，應該不會像我這樣吧。

我第一次帶結婚對象去見母親時，母親展現了高明的社交手腕以及為人開朗的形象。男朋友去上洗手間時，母親說：「他的鼻子還真大呀。」這是她唯一的感想。

不過該說的話，她一定會說。「我這個女兒答應要幫她妹妹出學費，這一點希望你能明白。」雖然我和男友都在工作了，但兩人的薪水都只有一萬三千圓。

我婆婆說媳婦出去工作是丟臉的事，還說她連聽都沒聽過，竟然有女人沒有去上新娘課程就敢嫁人，我根本不理她。

之後因為我和母親分別住在東京和清水，彼此之間算是相安無事。

比起和母親相處，和婆婆相處才是比登天還難。儘管她和一般婆婆一樣喜歡欺負媳婦，我並沒有被她嚇到，只是笑笑不回應。

結果婆婆跑到我家去跟我媽哭訴：「我兒子可是什麼名門世家的千金都娶得到喲，為什麼偏偏……」我事後得知，哈哈大笑。可是母親似乎覺得很不甘心。

不過年輕本來就是目中無人，腦子裡想的只有自己，只顧自己的事。

後來，在我不知情的情況下，母親蓋了房子。我由衷佩服她，她真的很厲害。像母親這麼精明能幹的人，就算有了男人，也不會被男人騙得團團轉，這點意外地讓我很放心。

三十歲那年，我生了小孩。婆婆來醫院跟我說：「洋子，你立下了大功，給我們家生了一個男孩。」我一聽火氣就上來了。

我曾通知母親，請她過來幫我打理一些產後的事，母親沒來。她好像也沒多高興，倒是阿姨從大阪來了。「哎呀，這就是姊姊的作風嘛。」我們兩人一起說母親的壞話。

阿姨低低竊竊地說：「姊姊有了男人喲。前陣子她來我家的時候，從和服裡掉出了一張白紙。我一看，竟然是箱根旅館的收據耶！兩人份。」嗯哼，無所謂啊，我早就料到了。「可是，為什麼我媽帶著收據呢？難道是我媽付錢？」「這你就不知道了，那男的可是有老婆小孩喲，怎麼能把這種收據帶在身上嘛。」噗哈哈，阿姨你是福爾摩斯嗎？我對母親的男人是誰沒興趣，只要別被發現就好。母親不會事跡敗露，她那麼會說謊，就算出事，到時候一定也能把黑的說成白的，若無其事地扳回一城。她那種個性，這種時刻真的很能派得上用場。

後來弟弟結婚，母親和弟弟夫妻住在一起。大妹結了婚，在奈良當老師，小妹在東京當保姆，弟弟在市公所當地方公務員。

和媳婦住在一起的隔天起，母親就經常打又臭又長的電話向我控訴媳婦的不是，一直說媳婦的壞話，我大部分都是左耳進右耳出。天底下怎麼可能有和我媽處得來的媳婦？她也打去奈良妹妹那裡說個不停，妹妹也覺得弟媳很可憐。

母親經常來東京，住在我家，就為了控訴媳婦，然後沒有兩三天便跟我吵起來，於是我經常看到她垂頭喪氣的背影。如今，想起那個背影最最令我難過。

後來妹妹和弟弟都生了小孩。妹妹那裡，又是阿姨去幫忙。母親非常疼愛弟弟的女兒。她都已經生了七個小孩，應該也習慣了吧，可是那小孩出生後，她對媳婦的攻擊變得更加激烈。「我跟你說，瑛子把嬰兒夾在腋下走路，不是用抱的喔。然後把奶瓶塞到孩子嘴裡，就放在地上不管了耶。」可能是母親出手想干預孫女的養育方法，媳婦不高興吧。

我猜，母親該不會是想把媳婦趕出去，自己和兒子、孫女三個人住。

有一天，弟弟打電話給我，說要和瑛子離婚。「為什麼？」「唉，她那個樣子根本無法養育小孩啊。」弟弟的戀母情結還是那麼嚴重啊？

「那，現在小孩誰在帶？」「全——部都是老媽在帶。」你也被洗腦洗得太徹底了吧。有時我回老家看看，只見弟媳默默地在做事，身體和兩條腿都直的像竹筒，看起來很遲鈍，但這樣的媳婦很適合老媽和弟弟吧？「我們倒是不認為她遲鈍，她應對進退不是都很好嗎？」「對啊對啊，她出生在商人家庭，這方面蠻厲害的喲。嗯，不過，這也是當然。」我反對他們離婚。

「我跟你說，她連做菜都不會喔！生魚片買回家，居然直接咚一聲擺上桌，菜餚都是買現成的回來！」哎喲媽，因為你把她拿來跟你比吧。身為一名主婦，母親的廚藝水準算是很高。被拿來跟母親比，弟媳也太可憐了。

「我跟你說，當初她可是穿著紅色高跟鞋搭襪子來到我們家喔！第一天那雙高跟鞋大到不像話，看起來好蠢！」「媽，這總比愛打扮、愛慕虛榮來得好吧。」母親來東京總是說媳婦的壞話，回去的時候一定會買毛衣、襯衫之類的禮物給媳婦。我和妹妹都說，母親完全得了媳婦精神衰弱症。

我們姊妹為了不給弟媳添麻煩，盡可能不去母親家。

「已經有個那樣的婆婆，若伶牙俐齒的大姑小姑再去，她會受不了吧。」

「不過老媽還能那樣大聲嚷嚷，看來身體還很健朗啊。」

更何況到頭來，這還是夫妻間的問題，是弟弟自己選的老婆。

我覺得我們姊妹沒有身為女兒應當有的孝心，也沒有對人性透徹的理解力。

母親七十歲那年，因為胃癌，幾乎摘掉了整個胃。醫生把摘除的胃放在金屬盆裡：「要不要看一看？女生不敢看的話沒關係。」我們三個女兒都把頭伸過去，看著金屬盆裡濕濕黏黏的肉團。然後醫生用一支很大的圓頭鑷子，夾起一塊相當於四百字稿紙大、灰死肌肉色的東西晃了幾下給我們看。

「一般正常的胃壁有縐褶，這麼光滑的胃部內側真是很罕見。」

我們沒看過其他實體的胃，可不知為何也覺得很罕見。

以母親的年紀來說，術後恢復的速度算是很快。

不過母親不是在清水也不是在靜岡，而是選在濱松的醫院動手術。因為母親有個朋友住在濱松。可能母親認為，三個女兒都有工作不太能照顧她，又不想在住家當地醫院讓媳婦照顧。

這個朋友十分令人敬重，母親竟有如此出色的朋友，我們都覺得不可思議。這位友人掌管了一間鐵工廠，還養育了兩個小孩，為了攢錢吃過很多苦，母親真的很信賴她。她的誠實、聰明與膽識，都很罕見。她是唯一，母親沒有在背後說過壞話的人，

她幾乎一直待在病床邊照顧母親。

「我會得癌症，都是瑛子給我的壓力。」

我們是家族遺傳啦，外公也得過胃癌。

外公在罹患胃癌後，大約一年就過世了，但母親一點將死的樣子都沒有。

不過吃東西很容易噎到，變得吃很少，而且飯後，立刻躺平，不停地按摩胃部。

七年後，我們去歐洲旅行時，她比我還有精神。

不過，母親的「媳婦精神衰弱症」並沒有好轉。

「這麼討厭的話，把他們一家三口趕出去不就得了，畢竟那棟房子是你的。」我這麼一說，母親就不吭聲了，因為她只想把媳婦趕出去。

孫女的家長會，都是母親去的。

母親很疼愛孫女。但有時候我會想，她是不是忘了我兒子還有妹妹的女兒也是她的孫子女。

母親即便很疼孫女，卻不會驕縱。她在教孫女是非道理時，絲毫不含糊。

啊，我想起來了。就跟她在教我們的時候一樣，粗暴得像劈材似地直接砍下來，只是在教孫女的時候，口氣比較溫柔。

母親七十七歲的那年十月，我帶她參加了一個非常高級的歐洲旅遊團，期間母親像少女一樣率直，非常溫順。

那時我才知道，母親經常自己一人去外國旅行。

首先她去了北京，然後是大連，她還說明年要去義大利。收了學生教插花，參加短歌和俳句的聚會，加入某合唱團。母親的積極、行動力和精力，實在太驚人了。除此之外，她還去參加什麼宗教的聚會。到這兒我立刻明白，她去是為了和媳婦的糾葛對戰，她原本是個毫無宗教信仰的人。母親以她的方式在拚命奮戰，讓我覺得有點心疼。

十二月中旬，小妹在電話中壓低嗓音，以異常低沉的聲音說：「哥哥出了車禍，撞到三個人。」「有人死了？」「沒有人死，不過他酒駕，現在在警察局。」

我號啕大哭，一邊號啕大哭一邊換衣服去搭新幹線。

15

十二月中旬。弟弟上了靜岡的電視，報紙也刊出車子的照片。我抵達清水老家時，弟弟還在拘留所。東京的妹妹和她老公、奈良的妹妹、當時和我住在一起的人應該也都來了。因為當時狹小的家裡亂七八糟，我已經記不清楚了。

母親心神不寧走來走去，看起來像個圓頭圓身的木偶娃娃走來走去。一會兒去坐暖爐桌，一會兒又走到我跟前，宛如從身體深處呻吟般地說：「那孩子是瘟神。」你在說什麼呀，媽。當時情況很混亂，細節我記不清楚了，只知道被撞的是三個學生，傷勢最重的骨折住院三個月，其他兩人幾乎沒什麼傷。「媽，幸好他們傷勢都還算輕，要覺得慶幸了，要是有人死了就糟了。」

弟弟遭市公所開除，當然沒有退職金，丟了工作。弟弟毫髮無傷。

年底，公務員，酒駕。

第三天，我和弟媳去拘留所接他。弟媳一看到弟弟，先是狠狠瞪他，然後抓起他的手臂，使勁地捏下去。這也是應該的。然後到了停車場，弟媳用力推了弟弟，怒斥：「你看看自己幹了什麼好事！」接著就抓起弟弟頭往車子撞，撞了好幾次。這也是應該的，不過看在我眼裡像個女流氓。母親則是發呆了一整晚。

後來我們去探望受害者，保險公司的人在我家進進出出。我陪母親去遞交辭去民生委員的文件。她出來時，我覺得她很奇怪。她像是看了一場好戲出來，嘴巴斜斜地抿著，賊賊笑著，看起來很做作。

母親的幾個孩子裡，弟弟是最認真、最正經、最溫順、最會忍耐，絕對不會出差錯，默默地做著別人討厭的工作。可是神明簡直像王牌投手松坂把厄運都集中投在弟弟身上。我之所以號啕大哭，是覺得弟弟的厄運可能已經到了谷底了。回到家的弟弟，是我看過最沮喪最消沉的男人。

當母親回到那個雜亂擁擠的家裡說：「喂，飯還沒好啊？」弟媳嗆回去：「你吵什麼吵！現在不是吃飯的時候吧！」那語氣簡直像拿了一根又粗又大的棍子朝母親打過去。接著弟媳鄭重其事地說：「姊姊，請把媽接去你那裡住。」那口氣堅定、不容分說，而且眼神相當恐怖。

「是。」我乖乖地說好。

在這件混亂的事件中，我們姊妹很自然地領悟到，母親平常碎嘴的那些事幾乎都是真的。

日教組[26]的理論派大妹也無計可施。在莫名其妙的歇斯底里面前，正確的道理不具任何力量。

過了幾年後，妹妹說：「媽以前說，只要那個人在家，心臟就怦怦怦跳個不停，現在我總算明白了。只要那個人在家，砰的一聲關上紙拉

26・日本教職員公會的簡稱，堅持反戰立場。

門，我的心臟就快跳出來了，總是心驚膽跳的，不曉得她接下來做出什麼事，整個神經都繃得好緊。」「我們在外面從來不輸人，真是不甘願啊。」

母親乖乖地來到我東京的家。我同居人的家裡，房間多得要命，所以在空間上沒有問題。

我原本以為，等她平靜下來就會回自己的家，可是我的如意算盤打錯了。一輛大卡車彷彿像追著她來似的，載來了她的洋裝衣櫃、三面鏡梳妝台，從洋裝到鞋子全都搬來了。

母親的生活全部紮根在那塊土地。她的朋友、插花的學生、合唱團、短歌詩會，父親下葬的寺院、晴朗的天空、帶孩子們去野餐的山上與海邊。母親從此之後都沒有再踏上那塊土地。

弟媳也沒有再見過母親。不過，那棟房子可是母親的喲。

母親雖是在東京土生土長，但此時對母親而言，東京已經是異鄉。一身摩登女郎打扮、闊步走在銀座街頭的母親，早已無影無蹤。

儘管我在腦子裡覺得母親很可憐，可我不是一個溫柔的女兒。

母親已經不是我所認識的母親。她對我的同居人很客氣，也會留意我的感受，像隻貓似的無聲無息在寬闊的家裡走動，變成了一個溫和的老太太。

我的同居人不是會和人親近的人，所以我也樂得輕鬆。即使現在，我猜母親對他而言都和傢俱、水桶沒兩樣。我非常感謝他。

東京的小妹，連日都來母親所在的這裡玩，或者把母親帶去她家。令人討厭的是，她把母親帶走的那天，都會在月曆上做記號，擺明的是在挖苦我。

我對母親不好，可能讓妹妹很心痛吧。

有時候會有三、四個年輕人來找我。吃晚飯的時間，我對母親說：「媽，不好意思，你可以自己去外面吃飯嗎？」她說：「好啊，好啊。」就出去了。過了一會兒，我們一行人走在路上時，看到母親從蕎麥麵店出來，一個人。她看到我們，笑了笑說：「哎呀。」那時我們正打算去吃中華料理。到今天，我只要想起那時母親孤零零一個人的身影，眼淚就會滾下來。

兒子說：「啊，媽，外婆好可憐喔。」

儘管如此，我們為了打官司和律師的事，經常要去清水。

事情發生後不久，弟媳說：「我要遮羞費，因為這件事讓我很丟臉。」

弟弟為了女兒，每個月從微薄的薪水裡攢出學費，現在還要付慰問金和律師費，錢轉眼間就沒了。

「我不能念短大了啦。」我抱著哭泣的姪女說：「沒事的，沒事的，你什麼都不用擔心。」我也跟著哭了。

小妹的老公，每天送便當去被害人家裡。便當是妹妹做的。

有一次，我和弟弟兩人坐在咖啡店。「我問你，你明明那麼有女人緣，為什麼要娶瑛子？」「唉，現在想想，她真的很會裝啊。以前不管跟她說什麼，她都低著頭不說話，我覺得她滿溫順的。」弟弟自己說自己笑了出來，我也笑了。「雖然車禍是我的錯，唉，可是我現在都睡不著啊，一上床，她就在枕邊罵我，一直罵一直罵，可以罵個一、兩個小時喔。我實在受不了就去洗澡，結果她居然跟來浴室繼續罵，一直罵，只談錢的事。」「身為老婆，這也是當然的吧。」「可是我沒辦法呀。」「她裝老實裝到什麼時候？」「大概一個月不到，就拿出菜刀說要把老媽殺了，大吵大鬧。」原來母親說的是真的啊。「為什麼那時候沒離婚？」「我要離啊，還把她趕回家了。結果換她父母來了，把頭抵在榻榻米向我磕頭，求我不要離婚。那時我也跟姊姊講了啊，你還反對我離婚不是嗎？」啊！我真不該插嘴管人家夫妻間的事。

因為我一直不相信母親說的話。

弟弟被判刑一年半，緩刑三年，成了有前科的人。

從那之後到退休為止，弟弟都在市公所外圍團體的公園的什麼什麼地方工作。

以前都是穿西裝去上班，後來穿的是作業服，據說老婆每天都在玄關罵他：「這身窮酸的衣服難看死了！我是因為你是公務員才嫁給你耶！」就是嘛，就是嘛，運氣真背啊。

後來我聽說，母親每個月寄三萬圓給孫女，一直到她短大畢業。

有一天，我打開玄關的門，看到母親好像猶豫不前、呆呆地站在家門前的十字路口正中央。「怎麼啦？」「啊，醫院要往哪邊走？」醫院就在她看得到的地方。母親膝蓋不好，一直都在看骨科。她的失智慢慢惡化了。我買了一個只要蓋上蓋子就能變成椅子的手推購物車給她。母親已經七十九歲，是個老人了，可是她卻說：「我才不要，這樣看起來像個老人。」她也不想用拐杖。

母親大概一整天都在看電視。一天三次，去叫她：「媽，吃飯了。」她才會出來。母親沒有幫忙張羅過飯菜，明明以前我們兩個人還一起下廚做菜。雖然現在想這些也沒有用，不過當時我應該硬去請她來幫忙。

母親像隻小貓一樣，躡手躡腳、無聲無息來到餐廳。那麼愛說話的母親，如今卻默不吭聲，永遠都像第一次來我家作客般客客氣氣。她顧慮我的同居人，什麼都不說。其實我的同居人是個嘴巴很厲害的人，不過我也不是省油的燈，只有我有辦法一句話就讓那張厲害的嘴巴消音。我們兩人玩過很多語言遊戲，然後哈哈大笑。同居人飯後一分鐘也不休息，逕自去工作。

母親因為切除了胃，吃完飯馬上就躺在沙發上按摩下腹。母親曾經如此說過：「真是不可思議啊，你和之前的老公每天吵架，和這個人居然這麼合得來。」前夫常常對我施暴，那是因為嘴巴很厲害的我，說起話來也像在對他施暴。當前夫說不過我，氣得滿臉漲紅，「嗚嗚」兩聲之後，接著就會來一句「你這個混蛋！」撲過來揍我。我從他「嗚嗚」開始就料到是我把他氣到漲紅了臉，被揍也無可奈何。被揍的時候，我從來沒想過丈夫的暴力是不對的。

我的第二任丈夫是只靠文字語言就能活的人，這是他的職業[27]。有時我會覺得，這個人以為日文是他一個人的嗎？還有，他這個人不跟人囉唆，所以也不會和人吵架，非常了不起。

母親在家裡跌倒，折斷了手臂。住院手術、出院回來後，她的失智變得更嚴重。「媽，你上洗手間的時候，不用洗手沒關係，用濕毛巾擦一擦就行了。」「知道了，知道了。」雖然她這麼說，但一定會洗手，把繃帶弄得濕答答。「洗澡的時候，這隻手不能放進去喔。」母親已經聽不懂是怎麼回事了。

我請了能住到家裡的幫傭，結果來了一個嗓門很大、粗里粗氣的人。不過世上沒有誰是完美的，我覺得她很開朗也不錯。

有一天妹妹來跟我說：「那個人表裡不一，對老媽非常粗暴，我勸你辭掉她比較好。」我半信半疑，不過還是換了一個人。

第二個來了一個很文靜的人，從外縣市來的。母親和幫傭在另一間餐廳吃飯。

這個文靜的幫傭說：「這麼說可能有點失禮，不過您的母親是個很厲害的人。我覺得被這麼厲害的母親養大的小孩很可憐。」母親雖然失

27・佐野洋子的第二任丈夫是知名詩人谷川俊太郎。

智了，但還會看人，她可能對這個文靜的幫傭露出了真面目。我說：「她上了年紀，又有點痴呆，你就左耳聽右耳出，別當一回事。」

有一天，妹妹打電話對我的朋友哭訴：「我媽會營養不良，她現在只吃生魚片、味噌湯和番茄而已！」

這樣就很夠了吧？在這之前妹妹還說：「幫傭不該只打掃樓下，應該連樓梯也要打掃吧。而且拿媽媽的積蓄支付也太奇怪了吧？」

我不想跟她吵，於是說：「好吧，我出。」雖然一肚子火，我還是這麼做了。妹妹認為我對母親不好，所以什麼事都很在意吧。後來這位幫傭自己請辭了。

比起母親應付妹妹更讓我痛苦不堪。

我已經忘了到底換了幾個幫傭，真是徹底輸給她。

「不然，你把老媽接去你家住。」「可是我家太小了。」「去附近找一間大房子，我出錢。」妹妹去找來了。誰叫我不夠溫柔，無法照顧母親。但最後妹妹說：「我，做不來。」

經過五日市街道，前往母親所在之處。快要到的時候，看到路邊開了一大片繡球花。

母親的失智愈來愈厲害了，她也愈來愈誠實可愛了。

母親房間的佛壇上擺著父親的照片，父親在笑。五十歲的父親永遠在笑。

16

我和母親住在一起將近兩年，那不是愛，是義務，是責任。

我對母親一點都不好。

妹妹對母親不是義務不是責任，而是真確的愛。

帶她去美容院的是妹妹。我不喜歡吃甜食，兩餐之間也不吃東西，但母親超愛吃甜食，我不記得我買過點心給母親。我家經常收到人家送的禮物，或許裡頭剛好有點心，我便拿給母親吃了也說不定。妹妹總是帶蛋糕或和菓子來給母親。母親那間關上紙拉門的房裡，經常傳出她們兩人的歌聲。

妹妹總是能發出溫柔的嗓音，像一般女人一樣，會在不同的場合使用不同的聲音。小時候，我總認為母親和客人說話那種客客氣氣的聲音一定是藏在某個地方。不知道為什麼，我只能發出原本的聲音，是在哪裡錯過學習嗎？

經過幾十年，就算對貓咪，我也無法發出像貓那種嗲聲嗲氣的聲音。

我非常不擅於社交。

妹妹和母親都是社交高手。

母親的胃切掉了三分之二，所以吃完飯會在餐桌旁躺平，按摩小腹。

「遭遣返回來住在鄉下的時候，主屋的人吃白米，卻只給我們小麥吃，醃蘿蔔也只給我們邊邊的部分，上面的嫂嫂什麼都不給我們。」這種時候母親就用原本的聲音說。

這段話我已經聽過幾百次，聽到耳朵都長繭了。「媽，你也想想看嘛，我們一家七口突然跑來投靠，人家能怎麼對我們好？」母親的反應實在不可思議，她說：「就是這一點，我想說的就是這一點啦。」你想說什麼，我根本搞不懂啊。

「金山的伯母不是曾經背著奶奶拿紅豆飯和豆皮壽司給我們吃嗎？」「哦，金山啊，就只有金山而已呀。」她就是不會說真是感謝啊，也不會說伯母人真好。父親有位朋友，他的太太是大學畢業、很喜歡文學，提到這位太太，母親就說：「大學畢業有什麼用，連縫個東西也不會。」母親的記憶是一連串的不幸。

「媽，你什麼時候感到最幸福？你從來沒有過幸福的時光嗎？」

母親沉默許久後說：「這個嘛，大概在清水堂林町的時候吧。」說得好像很惋惜的樣子。那是父親去世前五年左右。我想起母親從附近朋友家跑回來的模樣。啊，原來她那時候很幸福啊。那時有位太太被小姑欺負，哭著跑到我家來，母親拚命安慰她。那位太太沒有去找她鄰家的朋友，而是跑來找有點遠的母親，在母親的懷裡哭泣。

原來母親是個能當好朋友的人啊。父親有五、六個學生習慣過年就聚集到我家來，母親總是和顏悅色招待他們，開心地加入他們的談話，十分好客。

父親走後，他們依然過年都會來我家，持續二十年以上，聽著他們的戀愛和結婚的事，母親還曾經去其中一個的吵了架女友家幫忙說情。原來母親也可以是個值得信賴的戀愛諮商大嬸啊。

在這群學生裡，有一個二十歲就罹癌過世了。他臨終前說想見我母親，母親也去了醫院看他。對於一個轉眼就要死的人，母親也是能給予充分安慰的。

沒錯，若母親不是我的母親而是外人，誰會說出「我又沒有拜託你把我生下來」這種該遭天譴的話。骨肉親人是個「不知道也好的事卻知道了」的集團。正因為是家人，彼此之間不管好壞都像深深釘了楔子，緊緊黏在一起吧。

我對於無法喜歡母親感到很自責，一直無法走出來。從我十八歲來東京就一直自責，為什麼住在家裡的時候沒能對母親好一點。這份自責一直流淌在我心底，分分秒秒從未斷過，我甚至覺得這是一種罪。

在母親和妹妹唱歌的隔壁房間，我每天都用漂亮的信紙寫信給和母親年紀相仿的老太太。

我非常清楚一個老人獨自生活的孤寂。我用當時留在我住的房子裡的昭和初期和紙捲紙寫，而且是用毛筆。捲紙有好幾捆，上面用木板印刷印著櫻花、桔梗、野菊、松樹等許多圖案，甚至有描繪東海五十三次[28]、從日本橋到京都的美景捲紙。我猜這是以前在那個家過世的某個人少女時

28・東海道是江戶時代從江戶到京都的驛道，沿途有五十三個驛站。

期的收藏品。

我毫不吝惜地用這些美麗捲紙，每天每天寫信寄給朋友的母親。

直到今天，我對於這些美麗捲紙的用途依然不感後悔。

很奇妙的，我很得老太太喜歡，或許這是自責的反作用。

以前我認為我和母親的關係不正常，但過了四十歲以後，我知道很多人都討厭自己的母親，嚇了一大跳。啊，原來不只我一個。

有個朋友說，他常常想勒死母親。

那時候我常去的美容院的美髮師說，她很討厭母親，已經十六年沒有回去東北老家。

還有一位年輕編輯，老家明明在東京，卻為了不想和母親打照面而在外面租房子住。

佛洛伊德做過父子關係和母子關係的研究，卻忽略了母女關係，這是因為佛洛伊德是男的吧。

這些關係沒有一個相同的。

有個朋友說，如果母親死了，他會自殺；也有朋友說，比起戀愛結婚的對象，他更喜歡母親；也有人根本沒有叛逆期。

有人太過於被愛覺得很煩，說母親是一種負擔。

有人母親太能幹，一輩子都聽母親的話。

有很多人和母親的關係，就只是普通好的程度。

因為認識很多這種人，我就放心了？不，完全沒有。

我覺得我的自責之河，隨著年歲增長變得愈來愈混濁。

後來我也成了人母，變成兒子的頭號粉絲。身為人母的我，實在很不堪。

朋友曾經唱歌消遣我：「想殺洋子不用刀子，跟X男說一聲就好了。」孩子一發燒，我就整個亂了套；孩子到了叛逆期，我鎮日以淚洗臉。

母親來東京和我住在一起的時候，兒子已經獨立，一個人住在外面。大家都知道，每當兒子來看我，我就會精力充沛，心情顯得特別好。

有一天母親得意洋洋地說：「你被X男迷得神魂顛倒。太好了！太好了！」還一副誇耀勝利般吐了好幾次舌頭。我整個愣住了，然而她說的是事實。

原來母親一直認為，對孩子溫柔是母親之恥？

現在我也認為，確實是恥辱，或許我無法分辨溫柔與驕縱的區別。

母親的情緒善變，很容易歇斯底里，但絕對不會對小孩過分干涉。孩子那麼多，她也沒那個閒工夫干涉吧。

妹妹一直覺得母親很可憐。我想她也跟奈良的妹妹哭訴過，還對我朋友說：「我媽好可憐。」

我又沒有打母親，也沒有捏她，我只是不愛她，只是無法湧現溫柔的情感，然後我對此充滿自責。

妹妹幾乎每天來我家，或是把母親帶去她家，有時他們夫妻還會在我家過夜。

我累了。

「如果你不把媽接過去住，我就去找收費的養老院。」

我收集了一大堆養老院的簡介。真的是有錢能使鬼推磨。有間有特別看護的養老院是四個人或六個人一間房。我去看過，要排隊好幾年才排得到，所以打從一開始，我就不考慮這裡。神奈川或千葉那一帶比較便宜，但我和妹妹去探視又太遠。我不曉得跑了多少家養老院，我是以自己要入住為條件來挑選的。

我對母親撒謊，說是同居人的女兒夫妻要從美國回來了。

當時母親那副順從惶恐的樣子，如今想起來依然令人心痛。

我帶她去看兩間養老院。一間離我家很近，建築物大得簡直像飯店，景色優美，環境清幽，有很大的客廳與和室房間，我朋友的母親也住在這裡。櫃台站著一位穿黑背心的年輕男子，態度十分殷勤。寬廣的大廳擺著白色鋼琴與高級沙發。離開養老院後，我問母親：「這裡如何？」母親說：「這裡太貴了，我不要。」她明明有些失智，卻一語中的。我鬆了一口氣，因為那是泡沫經濟時期，入住費高達七千萬圓。我原本打算，如果她說要住這裡，我要賣掉我那間空著的房子。

另一間養老院是剛蓋好的，雅緻舒適，只收二十六人。後面有個很大的公園，綠樹茂密，是個清幽安靜的地方。

「我要住這裡。」母親說得很清楚。

我開始到處籌錢，把存款領出來，也把年金保險提出來，一子變成了窮光蛋。雖然每個月的費用要繳三十萬圓以上，但我實在很大膽，想說船到橋頭自然直。

這時我清楚地意識到，我花錢把母親拋棄了。

我用錢付了愛的代價。

母親的膝蓋不太好，此外基本上算是健康。我把弟媳連同衣櫃一起寄來的佛壇和母親一起，全都搬進了養老院。

用餐時，母親一定會化妝，換上洋裝、戴上項鍊，靜靜地走去餐廳。她和隔壁房的人很快就熟了起來，還會互相串門子。母親再度開始社交了。

住進養老院的母親比住在我家時有精神，也變得開朗起來。

母親可能覺得很滿意，她跟我說：「這裡沒有怪人或不入流的人，應該是進來的時候都篩選過了。」

一般失智初期會出現錢被偷的被害妄想症，所幸母親沒有這種症狀。她本來對金錢很在意，現在已毫不關心。她不會去想住在這裡是誰付的錢，一直認為是免費的。母親失智的方式也太厲害了。

來這裡住的幾乎都和她年紀相仿，裡面有哥倫比亞大學畢業、高知識水準的老太太，也有人小孩在國外工作。來探訪的家人，開的幾乎是進口車。

雖然我開的是髒兮兮又破爛的國產車，不過我發不出像貓一樣的嗲聲，也沒有虛榮心。

打開母親的衣櫃一看，比我的衣櫃鮮豔太多。這些鮮豔的衣服真的很適合母親。抽屜裡，衣服疊得整整齊齊。

母親的床鋪罩著筆挺雪白的床單，每次我去，她就會從熱水壺倒茶給我喝。冰箱裡的東西可能是妹妹帶來的，放了好多甜點。

這裡的餐點都是經過仔細計算營養成分，比起我家實在好太多，而且還有兩次點心時間。浴室設置了把手，地面的木製踏板也設計得比較高，讓老人家容易進入浴缸。母親雖然沒有發過什麼牢騷，不過她的順從讓我看了很心疼。妹妹每週一定會來一次。

母親失智的情況不到令人擔心的程度，而且妹妹也經常去看她，所以剛開始我只是偶爾去看看。偶爾一去，母親的眼睛會發出喜悅的光芒說：「哇，洋子你來啦。」

母親已經徹底變成順從、慈祥的老太太。

偶爾一去，我就只躺在地上看書。

離開的時候，母親一定到玄關送我，對著我的車子不停地揮手。

「媽，我已經六十歲了，變成老太婆了喲。」

「哎呀真可憐，是誰把你弄成這樣？」

17

母親二十二歲生下哥哥，之後簡直像機器一樣，非常準確地每兩年生一個孩子。一共生了七個，但養育到成人的只有四個。

二次大戰結束時，她三十一歲，有五個小孩。正確地說，有一個還在肚子裡，所以嚴格算來是四個半。遣返時，有個一歲半的女娃，就是奈良的妹妹。三十二歲時，她有五個小孩。

我三十二歲時，只有一個兩歲的小孩。現在想起來，我只有一個小孩，竟搞得每天頭髮亂糟糟，近乎狂亂失常，一個小孩就夠受了。

在我正囂張的時期，曾經問母親：「我們家這麼窮，為什麼你還要一個接著一個生不個不停？」母親怒氣沖天地回嗆：「那是個增產報國的時代啦！」不過就算是在那個時代，五個小孩也算多的。我想起當年在大連的碼頭上，父親扛著褐色布袋踉踉蹌蹌地走著，我們一個接著一個排成一長排跟在後面，好幾個遣返者對我們說：「哇，您家的小孩真多啊。」那口氣包含了同情、尊敬與感慨。如今回想起來，那就是父親和母親的態度，他們的臉上露出自豪的笑容。以前我覺得父母是笨蛋，現在不會這麼想了。

我認為那是生物的自然本能。快要滅種時，生物的自然本能會超越個人意志。貧困的國家之所以有很多小孩，是人們下意識知道孩子可能無法存活下來，以及孩子也算勞動力。

即使現在去東南亞，還可以看到七、八歲的小孩在工作。朋友說這些孩子很可憐，我不認為他們可憐，反倒覺得很懷念，因為我也曾經是那樣炯炯有神的孩子。

而且那時候我不認為那種勞動是不幸，現在也不認為。脖子上掛著一個紙箱，裡面放著香菸，追著俄國人跑，賣愈多愈有精神，得到很大的滿足。那時候，我八歲。

一歲半的妹妹疲憊無力地趴在母親背上。父親對母親說：「這孩子不曉得能不能撐到日本。」哥哥的背包裡，只放著在北京出生一個月就死了的弟弟的骨灰盒。從背包的外面看，撐出了一個四角形，我知道那是骨灰盒。看著只帶著嬰兒骨灰盒的哥哥，我好難過。

我把能穿的衣服都穿在身上，還穿了兩、三條長褲，我的背包比哥哥的重好幾倍。我想父母是看上我頑強又有骨氣的個性，所以讓我揹這麼多東西。

而且我緊緊握著四歲弟弟忠史的手。忠史就像我的小孩。忠史的一切完全由我照料。我雖然是姊姊，心情卻更像是個母親。我的小孩長到三歲時，我常常覺得忠史復活了。

那時一天好幾次，我要牽著忠史的手，帶著他從船底走到因結凍而光滑的甲板去上廁所。他那柔軟小手的觸感，至今我依然記得。

我一直照顧忠史到他死去的前一天。與其說他是我的弟弟，不如說他是我的兒子、我的附屬品，他的一切都是我的責任。而這個小小的生命也支撐了我。

如今在這個世上，知道忠史的人只剩下我了。那時下面的弟弟妹妹都還不懂事，父親往生很久了，現在母親則說她沒生過小孩。

三十年前，忠史連白米飯都沒吃過就死了。想到這個我就哭個不停，還去買了一個佛壇回來。

不久前我才發現，原來忠史很會忍耐。他從來沒有要性子、讓我為難，沉默寡言，眉毛有個往上挑的旋。以一個小孩來說，他算是非常沉著穩重。

當我摘花給他拿著，他就會牢牢地握著，然後笑了。我一朵一朵地增加，他就一次又一次地笑，那是能讓全世界亮起來的笑容。明明是個小孩，卻給人感覺很大器。

現在我才想到，忠史可能是我們兄弟姊妹裡最出色的。如果他活下來，一定是個值得依賴，有肩膀的人。撇開我的孩子不算，如今我依然覺得在這世上，忠史是我唯一永遠心愛的人。

哥哥身體虛弱，心思敏銳又過於纖細，如果活下來一定會很痛苦。這是孩子多的貧窮人家的宿命。死去的孩子，每個都令人心疼。

和忠史在一起最久的人，應該是我。雖然只有短短的四年，但知道忠史的小手有多麼柔軟的，也只有守護他的我。

比起三十二歲有五個小孩的母親，我一定更清楚忠史的一切。

與他共度的時間，我是最長的；忠史的肌膚摸起來是什麼感覺，我也應該是最清楚的。

就算生了七個，但死了三個小孩的母親的悲傷，坦白說，我無法體會。母親失去了三個兒子。

三十二歲的母親，帶著一個還在吃奶的孩子，最大的兒子十歲，中間還有三個小孩，在二次大戰結束的海外奮戰。

那時在貨船的底艙，母親展現了為人母的堅強，開朗有活力，而且健康。

在那個混亂的戰後，貨船的底艙根本沒有睡覺的空間，我們和貨物一樣被塞在那裡，連翻個身都困難。但母親沒有發神經，也沒有粗暴對待我們。現今三十二歲的女性，看起來簡直還像個女孩。我沒有養五個小孩，也沒有能力。

母親是什麼時候開始變成那樣的人，我記得很清楚。是在戰後的混亂剛結束，受到民主主義這種不熟悉的思想洗禮。母親變得會跟父親吵嘴、折磨小孩。原本由時代教養出來的女人價值觀全部剝落瓦解。這就是所謂的尊重個性嗎？她的本性完全爆發出來。

以前的小孩並非沒有叛逆期，只是表現的方式不同吧。我覺得就是開始會煩惱，講起話來帶有哲學味，或是變得不愛講話，身心不平衡、內心糾結，情緒變差。

民主主義剝奪了忍耐與順從。家族從原本是一團圓圓的丸子，分裂成一個個小丸子。

小丸子有兩個轉眼間就蒸發到天上去了。父母回到日本後極度貧困，變得比在大連變賣家當吃高粱米時更煩躁，每天晚上都吵架。然後又生下一個小丸子，最後終於固定為四個姊弟妹。

我記得有一次父母吵架時，父親對母親說：「你變了。」那時母親難得沉默了。

我覺得我在幼年時代便把我的優良稟賦都用光了，和母親一樣，隨著時代的變化也變了個人。大家都開始暴露出本性。將本性完全暴露出來就是有個性嗎？我覺得當今的民主主義不適合日本人。

或者說沒有留意到，偏頗的民主主義只會無限上綱強調權利，但權利和義務其實是表裡一體。

父親走時，母親四十二歲。

我家以十九歲的我為首，包括七歲的妹妹在內一共有四個小孩。父親死後沒有留下錢，也沒有留房子給我們住。

原本是家庭主婦的母親變成了地方公務員，把孩子全都養到大學畢業。給母親這份工作的人，是父親的朋友，而這位朋友的朋友是縣長。

我想母親儘管和父親吵架，內心深處還是很尊敬父親。

身為父親的妻子，是母親的驕傲。

父親當年在中國做的田野調查〈中國農村習俗調查〉，在父親過世前幾年出版，還榮獲了朝日文化獎。

當時他在滿州鐵路的調查部工作，是農村習俗調查小組的一員，父親的朋友都是那個小組的成員，彼此都是以家族為單位在交往。遣返後，家族之間還保持聯絡。

例如我有一個朋友叫小孔，我們從還在包尿布的時候就認識，將近六十年來一直是朋友，直到最近小孔過世為止，他是我特別親密、最老的老朋友。

最近我得知，父親他們的工作成果曾匯集成六大卷出版。是一九五二年到一九五八年出版的，我之前一直不曉得。我請舊書店幫我找，還花了十萬圓。我想除了特殊的學者專家之外，全日本沒有人知道。

完結的第六卷裡，收錄了當時參與此書編撰的工作人員座談會內容，其中有人談到早已過世的父親：

X 他非常聰明，酒一下肚、議論就犀利了起來，他自己也引以為豪。很有意思的人。

◯ 即使喝了酒，頭腦也很清晰，具有一種非常振奮人心的特質。

X ……他在一九四二年編寫了世界歷史大全的東洋近世篇，以當時的水準來看，是相當優秀的著作。

◯ 最早提出唐代是古代社會的人是佐野吧。他很有想法，可惜後來荒廢了。

X 他是個不斷開闢新領域的人……總是能給周遭帶來清新的空氣，使我們都充滿了活力。

○ 他滿特別的，給人的感覺較尖銳，對於調查方式一直抱持著疑問，回答問題的方式也很另類。從頭到尾，他都質疑那種調查方式能查出什麼。

X 他很耀眼，不會把那個工作當作踏板以求日後輝煌騰達，絲毫沒有這種俗氣的想法。

○ 他很有人情味，很溫暖。

但這是一九五八年出版的書，這些談論父親的人都已去世了。除了談到父親的那部分，其他的都太專業了，我根本看不懂。那句「可惜後來荒廢了」讓我笑了。聽說我父親的綽號是「剃刀」，母親和一個像剃刀的人在一起幸福嗎？父親的人情味和溫暖都用在外面嗎？對了，我想起在北京看過父親蹲在一個乞丐的旁邊，和他聊了很久。他還幫過一個不小心懷孕的高中女生轉學到京都的學校，甚至還陪她去了一趟京都。這件事是我後來聽那個高中女生的妹妹說的。

身體虛弱、唯獨腦袋聰明犀利的父親，愛上了現實、勇敢而健康的母親，這也是可以理解的。事實上，母親應該對父親產生了很大的幫助。

雖然夫妻吵架是完全不同的語言，也是不同層次的事，但能這樣每天不厭其煩地吵，至今仍讓我十分訝異。我早早就放棄和母親爭論了，父親可能只是喜歡和人爭論吧？又或者是他抱著母親總有一天會懂的幻想？

敏銳而頭腦犀利的家長，在一個家庭裡是必要的嗎？天才型的人在人格上一定有什麼缺陷，父親頑固地虐待不成材的弟弟，我覺得這也一種異常。

在有四歲小孩的餐桌上，父親大談「有人一輩子只讀十二本書，就足以稱為真正的閱讀家」、「不可以相信鉛字」，還有「錢買得到的東西，誰都買得到」以及「不要吝惜金錢與生命」云云。有這樣的父親值得慶幸嗎？

比起這些，會摸摸孩子的頭的父親，才更像是個父親吧。

每當父親回到家，家裡就充滿緊張氣氛。

我不認為母親對父親的學者工作有興趣，她希望他是溫柔的丈夫與慈祥的父親吧。

爸，你播種生下的小孩都是窩囊廢喔。

為了父親，我很希望忠史還活著。

由於父親早逝，母親不曉得吃了多少苦、拚了命活下來，最後失智了。

佐野利一？母親剛開始還以為是做了什麼怪事的人，後來便暢所欲言什麼話都說出來了。

18

父親死後，母親突然變得粗俗。

明明很粗俗，卻又愛慕虛榮。

父親死後，母親開始喝起酒來。以前她可是滴酒不沾，她的觀念告訴她女人不該喝酒。

可是她並沒有耽溺於喝酒。她有了工作，只在新年會或工作之餘才會喝一點，且從來沒有在家裡喝過。

四十二歲的寡婦，打扮得乾淨俐落，體態豐滿圓潤，和藹可親，為人爽朗。這樣的母親，還相當有女人味。

母親曾說過一句：「別以為我老公不在了就瞧不起我。」如今回想起來，這很明顯是她受到性誘惑吧。

父親沒有留下房子，也沒留下錢，他過世後，我們一家人連住的地方也沒了。所幸在父親朋友的關照下，母親當上市立母子宿舍的舍監，我們也住進那裡。

當時我在東京念書，所以也只是偶爾回去看看。

母親四十二歲成了地方公務員，我想她一定把工作做得很好。我從不懷疑，她確實有這種能力。

住在母子宿舍的大多是還帶著孩子的寡婦，或是生了小孩，男人卻逃跑的單親家庭。母親陸續為這些人找工作，讓她們能夠獨立，其中也有近乎白痴的女人，真的是社會邊緣底層者的聚集之處。

有次我在家，母親喝到爛醉回來，一進門就直接倒在隔壁昏暗的八疊大房間裡，痛苦地掙扎、滾來滾去，指甲猛抓榻榻米，痛哭大叫：「老公！老公！」

那時我心想：啊，母親剛才和人上過床吧。我永遠忘不了，那時她穿著藍色大島和服，從袖子伸出來的那雙手。

比起在撤退船的底艙中，比起吃高粱米和麥麩活命的戰後大連，我覺得這是母親最痛苦的時期。

那時我還很年輕，宛如在看什麼不潔的生物般地看著她，同時也感受到母親失去父親的心酸。

我認為父親娶了母親之後，從來沒有外遇。母親也從來沒有懷疑父親有外遇，我也是。

阿姨倒是經常為了姨丈的外遇傷透腦筋。

父親每次都說，先生外遇都是太太的錯。

總之，父親對母親非常滿意。

雖然我們很怕父親，但就父親的種種方面來說，或許他算是個居家好男人。

過年時，他會用竹子做風箏的骨架，然後糊上紙、畫上武士圖。父親畫的武士圖是忠於《平家物語》中的描寫所畫的，然後再用黑黑的字寫上「敦盛」[29]。即使沒有任何參考資料，父親也能大筆一揮，一邊頌詠一邊流暢地寫出「練貫繡鶴直垂，萌黃色鎧甲著」[30]，而且一字不差，完全正確。我們在旁邊佩服地說了些什麼，他一句「笨蛋！」就罵過來，嚇死人了。即使這樣，我們還是很高興。哥哥的陀螺也是父親從木頭開始削起，做得簡直像藝術品，只要用繩子連續抽就轉個不停。父親以他的方式疼愛小孩，算是個好家長。

弟弟來東京時，曾經說：「媽有男人喔。」

「是XX先生？」我這麼一問，弟弟說：「我想應該是。」

小妹有一次也說：「XX先生在暖爐桌下面摸媽的大腿耶。」我覺得無可奈何。

因為我沒和她住在一起，可以覺得「無可奈何」，但和她住在一起的弟弟妹妹是什麼感受呢？

真的是無可奈何。可是，接在父親之後的竟是XX先生，母親也太飢不擇食了吧。

但母親並沒有耽溺於男人，也沒有被男人耍得團團轉，她把孩子一個個送進了大學。

29・平敦盛，《平家物語》裡的人物。
30・出自能樂《敦盛》的一句。意思是穿著繡鶴的高級絲綢製成的武士禮服，再披上黃綠色皮革串成的盔甲。

我的大學生活簡直就像一幅赤貧的畫，可是一想起母親，我沒有一天不認為自己待在大學裡是不當的奢侈。

那時候從外縣市來東京租房子念大學的女生，真的少之又少。

我一直穿同一件牛仔裙上學，從來沒有向母親要過衣服。

靜岡人素來以團結聞名，同鄉的男生知道我的貧困後，有人分了一半的顏料給我，佐藤更是每次都為我準備兩張畫紙和圖釘。

我一副理所當然，抬頭挺胸地接受他們的施捨。當時我是個精力旺盛、過度活潑的女孩。

東京的富家女譏笑我貧窮，至今我仍懷恨在心。

我說：「文庫本借我看。」有個女生會訕笑著說：「你怎不自己去買啊！」也有的是走在我後面時笑我：「佐野的裙子怎麼都皺巴巴的呀。」有個朋友經常請我吃飯，有一次我拿伴手禮去她家，朋友說：「哎呀，真稀奇。」另一個人說：「佐野本來就很小氣啊。」會這樣酸言酸語的全都是女生。

可能我記恨太深，深到有點病態，過了五十年依然恨得牙癢癢的。不過佐藤對我的恩情，即使過了五十年我都感懷於心，沒齒難忘。我的個性就是這樣，恩怨分明。

當時大家都很窮。男生裡有人拿繩子當腰帶來用，也有人穿木屐、短褲來上學。

也有單親的遣返者。這個出身自單親遣返者家庭的男孩，偷他母親的連身洋裝和黑色羊毛背心送我。

但是，貧窮也是開心的事。

貧窮會讓人分享友情。

一碗三十五圓的拉麵，我曾窮得要跟人家分著吃一半，可是此後我沒有吃過比哪碗更美味的拉麵。

儘管如此，在開心的時候，即便是貧窮造成的開心，我只要一想起母親，開心就變成了愧疚。

即使父母每天吵架，我覺得他們的感情依然堅若磐石。

在父親走後，母親不知和幾個人交往過，不過我想沒有一個男人讓她滿意的。

即使不知道剃刀般的知性是什麼，母親對父親是徹底、絕對、打從心裡尊敬。

母親也不輸父親。

她把孩子一個個送進大學。

雖然母親會發牢騷，也說人壞話，可是我沒看過她意志消沉的樣子。

就如她強健的身體一樣，她的精神也是堅韌而剛強。

她不會好好地聽孩子說話，所以後來我們也不跟她說話了。

但是別人說的話，她都會細心聆聽，所以人們喜愛她、信賴她。

所謂的家人就是個沒有感情的群體。

要是太過了解一個人，了解到像家人一樣的程度，那可能就當不了好友了吧。

即使父親不在了，母親依然確實地化妝，打扮得整整齊齊，從不曾邋遢。

我一直很討厭母親。一直，一直很討厭。

我的叛逆期沒有止境。

阿姨對我很好，母親卻從來沒有對阿姨的小孩好過。

即使阿姨的小孩來我們家玩，她也會嘖一聲，一直念著「什麼時候要走啊」。

我不知道她對阿姨有沒有感情。

從小母親就說著阿姨的壞話。

我和阿姨熟起來之後，有一次我問母親：「為什麼你討厭阿姨？」那時父親已經走了，母親說：「哎呀，是你爸討厭她。」父親對阿姨根本一無所知，我想，這是母親特有的辯解方式。

母親有很強的家事能力。

無論是住在大雜院，還是住在公家宿舍，母親都一直說：「人家都說我們家乾淨得像沒有小孩一樣。」

到了父親快回家的時間，她一定拿起掃帚把家裡打掃乾淨，然後「嗯嘛」地搽口紅。

即使孩子一大堆，母親也會拆掉老舊的毛衣，用鍋子或茶壺的蒸汽燙過，再重新編織，所以家裡小孩都穿著條紋圖案的毛衣。

還會用我的舊裙子給妹妹做連身洋裝；過年會買布回來，幫我做上衣，給妹妹做裙子。

她尤其熱衷於精心做自己的洋裝。

彼岸節她會做紅豆、黃豆粉、黑芝麻三種口味的牡丹餅。

馬鈴薯水煮之後，用茶巾扭成泥，在上面放點紅色食用色素，就做出一道點心。

甜甜圈、鬆餅、發糕在我家都是很平常的點心。

雖然孩子多薪水少，但母親很會理財。

草月流插花師的證照也是一張張到手，到了有資格教人的時候，她就立刻開班授徒。

這些事情幾乎發生在父親過世的同一個時期。

我念美術大學的時候，每次回到家就看到母親面對著幾位學生，儼然一副大師的樣子，自信滿滿地拿著剪刀，咔嚓咔嚓地剪枝。

我曾經以美術大學學生的狂妄對母親說：「媽，你得再多精進一點才行啊，你的學生實在插得不怎麼樣。」母親怒火沖天瞪著我，大罵：「都是鄉下人，這樣就可以了啦！」

看來她自己也知道嘛。

就如她對衣服的品味很平庸，我覺得她缺乏某種美感。母親雖然很有熱誠，十分認真學習，不過卻可能是對由破壞中誕生的美感沒興趣吧。

就算是勉勉強強，母親至少完成了父親要她去學些技藝的交代。而且學會了就立刻用來謀生。

之後父親不在了，她依然去加入合唱團唱歌，也加入短歌會學習短歌創作。她在學習上真的非常認真，從來不會半途而廢，而且樂在其中。

對於父親的過世，儘管母親有諸多遺憾與悲傷，另一方面也發現了父親不在有多輕鬆吧。父親在的時候，她必須端出身為他妻子的氣勢，面對父親的朋友時，也會帶著一種緊張與驕傲。

父親過世後，她就完全露出本性了。

母親變得很粗俗。

「我爸媽在哪裡啊？他們明明已經來到這裡了。」母親在床上自言自語。

「他們來了？在哪裡？」

「也沒有。只是大家都說，靜子，你好可憐。」

19

小妹像個小姑似的，只會雞蛋裡挑骨頭不停挑我的毛病。我也累了。妹妹之所以神經兮兮盯著我，我想是因為我對母親的冷淡。

母親已經完全喪失自信，也開始失智，成了一個溫順而戰戰兢兢的老太太，而我卻對她那麼冷淡。

沒有人是完美的，舉止粗魯的幫傭很開朗，文靜溫和的幫傭過度節儉，從東北來討生活的幫傭廚藝很差，我覺得這些都無可厚非。

沒有人是完美的，我和幫傭們處得很好。

母親儘管失智了，依然會本能地保護自己。她在文靜幫傭面前，本性畢露。「我覺得被這麼厲害的母親養大的小孩很可憐。」也有人丟下這句話辭職了。

我還不想停掉我的工作。不是我喜歡工作，而是我完全不想為了母親放棄我的工作。

妹妹同意讓母親去住養老院。

因為我是長女，我成了沒有美貌的郝思嘉，沒有才華的美空雲雀[31]。

我蒐集了一堆養老院的簡介，然後實地去參觀。

清靜且環境良好的很遠，但是很便宜；距離較近、便於探望、環境

31・美空雲雀（一九三七～一九八九）日本演歌歌手，演員。公認日本史上最偉大的歌手，也是第一位榮獲日本首相授予國民榮譽賞的女性。

好的地方，很貴。那時正值泡沫經濟，入住費貴得嚇死人。最後挑出了這兩處候選。

奈良的妹妹建議把母親送進特別看護養老院，可是那時的特別看護養老院很糟糕。哪天我老了，也絕對不要去住那裡。不管我再怎麼不喜歡母親，也不可能送她去連我自己都不想住的地方，於是我開始籌錢，讓母親住好一點的養老院。

同居人幫我撒了一個謊：「因為我女兒女婿要從美國回來了。」母親聽到這個假宣言時，身子縮成一團。如今回想起來，我都感到十分不忍。

位於小金井公園前面的小型養老院裡，前來探望的家人開的車子不是賓士就是積架，我雖開著破爛的喜美但絲毫不以為意。

每個月的費用要三十五萬圓，母親的老人年金只有十二萬圓，剩下的全部由我負擔。

我愈來愈像沒有才華的美空雲雀。

那是個環境清靜、設備新穎的好地方，所以即使我變成窮光蛋，也在所不惜。

我不太常去看母親。

在那裡，我也是個態度高傲、冷淡的姊姊，而妹妹搖身變成體貼窩心的女兒，每週一次，都會帶著鮮花和點心去探望母親。

只要想到每個月付的錢是自由的代價，我工作起來就快樂許多。

偶爾去探望時，母親一看到我，簡直像肚子裝了一百瓦的電燈泡突然全亮了起來，整個人看起來好開心。儘管如此，我還是沒什麼好臉色，也因為自己沒有好臉色而受傷。

最後一位幫傭對母親說：「靜子夫人，這次要去的地方，可不是任何人都能去的喔。只有通過他們的調查，很有水準的人才能住進去呢。」幫傭巧妙地滿足了母親的自尊心。我很佩服她，也很感謝她。

間歇性失智的母親說：「這裡是免費的喲。他們會審查，奇怪的人不能住進來。」聽到她說免費，我整個火氣上來了，不過我還是說：「對啊，大家都是很有水準的人。」之後就躺在地上，看我的書打發時間。

母親的記憶，從她最討厭的部分開始消失。

她最先忘記的是弟媳瑛子。

母親完全忘記瑛子之時，我才知道瑛子給她帶來的壓力有多大。以前母親總是打又臭又長的電話來給我，我根本沒認真聽她說。

誰都沒想到，母親會在那間養老院住上十二年。

最後一位幫傭經常去探望母親。她是名塊頭很大、個性開朗、勤勞能幹、很重感情的在日韓國人。聽說老家是名古屋的柏青哥大王。

看到一張她站在極其壯觀的豪宅前拍的照片，我問：「這棟房子是哪裡啊？」「啊哈哈，這是我家啦。房子裡面更驚人喔，簡直跟漫畫一樣。那種晃來晃去的水晶吊燈，不曉得裝了多少個。」「為什麼你不回家呢？」「你不知道，我爸很誇張喔！我媽是他的第六個老婆！」她在十九歲那年，帶著母親和弟弟離家出走，一直做這樣的工作。

「沒有一技之長的女人，能找到收入最高的工作就是供住宿的幫傭。」

她靠這份工作供弟弟上了醫學院，也照顧了母親。

「我家的沙發可是慘兮兮啊。我弟弟為了練習手術，在上面縫來縫去，坐下去會嘎吱作響，縫線都已經脫落了，而且我媽還不斷地借錢。」她對家人的感情和我截然不同。我不知道有哪個日本人能像她這樣愛家人。

「還有呢，您聽我說，後來第七個老婆的女兒跑來找我，說『姊姊，我離家出走來找你了』。」她同父異母的妹妹的學費，她也理所當然地出了。她母親舉債是為了寄錢給在北韓的親戚。她說：「那裡的人不靠親戚的話，真的會餓死喔！」那時橫田惠[32]的事還沒被公開。

後來我開始看韓劇，覺得那個國家的人感情深厚是一種民族性吧。

她用那大塊頭的身子，總是哈哈哈地笑著賣力工作，勤奮到我都想跟她說：「我說你啊，別做得這麼賣力，會弄壞身子啊。」

有時，她會去養老院看我母親，坐在母親的床上，兩人一起唱童謠。她對於把母親送進養老院的日本人，是怎麼想的呢？

母親的失智確實慢慢地在惡化中。

由於母親膝蓋會積水，妹妹經常帶她去醫院，後來沒有拐杖也能走路了。她好像連疼痛都忘記了。

失智老人一定會經過「有人偷我的錢」的階段，我很感謝母親跳過了。

32・日本新潟縣人，於一九七七年十一月十五日被北韓綁架時，年僅十三歲。北韓政府一直否認綁架她的指控，直到二〇〇二年的日朝首腦會談上，首度承認綁架事實並向日本道歉。

但是不久，她開始會把報紙捲起來，在餐廳裡邊走邊敲別人的頭，而且表情非常陰沉凶狠。如今回想起來，我覺得這一定有問題，一定是有什麼原因。真的很恐怖。

如果她的暴力愈來愈嚴重，就不能繼續住在這裡了。所幸，這只是一時的。

後來，她不會轉換電視頻道了。關電視則直接去按電視的開關，不會用遙控器了。再後來，她連電視也不看了。

隔壁原本腦筋很清楚的佐藤太太突然急遽失智。

她會脫掉褲子，爬到別人的房間去。

母親把嘴湊到我面前說：「佐藤太太痴呆了喔！真討厭。」

母親在父親的佛壇上香，雙手合十的習慣也沒了。

母親討厭白髮，總是把頭髮染成栗子色。

小妹很殷勤地帶她去美容院。

我有時會買內褲給她。

我買給母親的內褲是三件一千圓的，或是在超市二樓的衣物賣場買的便宜貨。

我自己才不會買三件一千圓的內褲，不過那時我的良心並沒有受到譴責。

母親的衣櫃裡掛了好幾件大衣，還有短外套。每次看到這些大衣我都會想，她已經沒機會穿大衣外出了吧。

母親很喜歡購物，也沒機會再去百貨公司了吧，也不能去旅行了。平常穿的毛衣也愈來愈舊了。

母親喜歡的毛衣和襯衫不是銀座也不是青山的高級貨，而是那種隨處可見的平價品。

母親的穿著嗜好和一般人一樣，非常平凡。母親真的是平凡人群中的一名大嬸，外表是，內在也是。但母親卻比誰都認真過日子。

我隨意躺在母親的房裡，看著母親的相簿，出現了一堆不知道什麼時候去旅行的照片。有時候是同樣一群人，有時不同。老是裝模作樣地擺出一臉淡然的樣子，不知為何總站在最中間。

乾淨俐落，整整齊齊。或許母親真的毫不浪費地在享受人生。

她還健康時，會去奈良的妹妹那裡，去過好幾次大阪的阿姨家，也來過我這裡。

母親穿的衣服配色總是比我鮮豔太多太多，可是非常適合她。她對我的穿著喜好沒有發過牢騷。我總是穿白色、黑色或是單色的素面衣服。我討厭引人注意，固定穿青山的某個品牌服飾。

現在我覺得，母親一定希望我穿更有色彩、有圖案的衣服吧。

我隨便在賣場買了那種隨處可見的毛衣、襯衫、長褲給她，因為母親會喜歡的樣式就是如此。

這種衣服絕對不貴，可母親都會細心維護，好好對待這些衣服。她的衣服大概是我的三倍之多。隨著母親的失智，這些衣服也逐漸變舊、起了毛球、變得鬆鬆垮垮，連我看了都感到有點落寞。

母親的和服早在弟弟出事前就全部送人了，只留下一件正式場合用的正裝，可能是留著準備在孫女的婚禮上穿吧。

但是，這個機會終究沒來。

她不是會為了什麼事而奢侈花錢的人。她不追求美食，也不講究華服，對珠寶也沒什麼興趣，不過她並不小氣。

很多母親都喜歡給女兒訂做和服或洋裝，母親不做這種事。

父親雖然貧窮，但也會在最低限度下擁有最好的東西。

他有一套英國布料、中國手工製作的西裝，這件西裝他穿了三十年。

戰後做了另一套西裝，是用製作和服的絲綢做的。父親大概就只有這兩套西裝。

當時大多人都打條紋領帶。父親喜歡的是一條以深藍色為底、繡上小馬跳躍圖案的領帶。

在北京的時候，他也穿戴過海明威去非洲時戴的那種帽子和短褲。若能有錢，父親一定也想擁有時髦的東西吧。

母親呆呆地坐著。

父親那張像艾爾帕西諾（Al Pacino）和榎本健一[33]合體的照片，在母親前面的佛壇上，笑著看著母親。

33・榎本健一（一九〇四～一九七〇），日本的演員、歌手，被譽為「日本喜劇之王」。

20

雖然沒有請專業算命師看手相，可是母親經常看著自己厚實的手掌說：「聽說我晚年的運勢很好。」

七十七歲被趕出自己的家，算是運勢很好嗎？

八十歲失智，算是好運嗎？

母親還不老時，開心地看著手掌的模樣，看起來真的很幸福。住進養老院以後，母親是如何接受自己的命運呢？

住進養老院的母親，已經是個慈祥的老太太了。

小妹一週一次，一定會帶鮮花、點心和飲料去探望母親。

每次去的時候，一定會對養老院的每個員工深深鞠躬致謝：「謝謝您這麼照顧我母親，真的感激不盡。」看起來好像舞台上的演員。

我偶爾去探望，只會說：「啊，你好。」但內心的ＯＳ是：「你們這些傢伙，搶了我那麼多錢，該做的事給我好好做好！」

母親在小佛壇裡塞了小小年紀就死掉的三個兒子以及父親的牌位，旁邊放著父親留著小鬍子微笑的照片。

我看到父親微笑的照片，眼眶就濕了。

父親沒料到也不知道母親失智了，只是在那裡笑著。

想說又不敢說的想法在腦袋裡轉啊轉地揪成一團，最後到了「爸，你死得早果然是對的啊！」總算停了下來。

我只有心血來潮才會對著佛壇合掌、上香。

妹妹每星期都會為佛壇換上鮮花。

隨著失智情況的惡化，母親後來不看佛壇了。

母親已經把父親忘光光了。還有她曾經愛到發狂的，那個心臟長在右邊、身體虛弱而死去的哥哥。

那個稍微跑一下嘴唇就發紫的哥哥，從母親的心中消失了。

還有那個從來沒吃過白米飯、眉毛長著旋、沉默寡言、四歲就死掉的忠史，現在也不在母親心中了。

至於出生三十三天，鼻子流出像混著咖啡渣般異樣物質而死去的弟弟，或許跟沒出生是一樣的。

我忽然想到，這世上知道這些牌位的人的身世，只剩下我一個人了。現存的弟弟妹妹都是他們死後才出生的，或者就算已經出生，當時也還只是個嬰兒。

人就是這樣慢慢變得無人知曉，除非在歷史上留名，其他幾百億人都這樣消逝而去。

生了子孫、不斷延續家族香火的，會在墳墓裡會慢慢變成前代或前前代祖先，但三歲或十歲沒能留下子孫就死了的小孩，只會無聲無息地消逝。

我突然認真了起來。哥哥、忠史，雖然只有我一個人記得，我到死都不會忘掉你們。

現在，我還活著的時候。

在養老院裡，除了「愛」以外，母親一切都得到了滿足。

她過去明明那麼害怕孤獨，強忍著和瑛子生活在一起。

妹妹按時送來鮮花，對母親而言，說不定她連在不在那裡都不知道。

妹妹沒有拋棄母親的自責感嗎？

剛開始，我一個人不敢進入母親的房間。只有兩人獨處，我便感到很侷促，那時候我還無法喜歡母親。

於是我會帶認識母親的朋友一起來。母親大概依然好客吧，看到客人，整張臉突然亮了起來，連忙起身招呼。

剛開始，她會從熱水壺將熱水注入茶壺中泡茶，從冰箱裡拿出點心招待客人。

接著開始問：「您住在哪裡呀？」「中野。」「哦，中野啊。請用，沒什麼可以招待的。」「您住在哪裡呀？」

然後她連自己在哪裡都不知道了。

朋友說：「這真是個清靜的好地方啊。」母親露出不確定的表情，像個不知道該往哪裡走的迷路小孩，「是啊，是啊。」然後就無話可說了。

我有半輩子的時間一直認為一般母親和女兒的關係一定是特別親近。可是我，只有我討厭母親。後來一問，和母親處不來的女兒，就像逼迫小狗到處挖寶的壞心老爺爺挖出的一堆髒東西，數量多到難以想像[34]。

有人遭到母親再婚的丈夫持續強暴，我原本以為這是小說才有的情節。這個人看到我一下就說：「你和你媽處不來對吧。」

我嚇得差點停止呼吸。是我太單純了很容易識破嗎？還是與母親處不來的人面相就是長這樣？

還有一個人，放學回家拉開紙拉門一看，母親和外面的男人正在做愛。「你爸知道嗎？」「不知道。」如今這個人的母親也有八十幾了。即使現在，她一看到母親「就想勒她的脖子」。這個人比我強多了，可以徒手勒母親脖子。我連手去碰母親的脖子都討厭。我討厭母親的味道，如果沒有洗衣機，我根本不敢洗母親的內褲。

知道世上有這種人，我稍微安心點了嗎？不，一點都不。

佛洛伊德是男的，所以他只知道母親和兒子的關係。

有個人這麼說：「我啊，老公死了無所謂，可是我媽走了我也要跟著她去。」到了這種地步，我就不羨慕了。她的母親會雙手併起，做成碗的形狀說：「那孩子是我的寶貝。」啥？那個從以前就壞得要死的女孩？原來這個母親完全不知道女兒的心腸有多壞。

啊，世上真是什麼人都有。

極其普通的人會慢慢地瘋掉。

慢慢地瘋掉的人，才是普通人。

只要是跟母親有關的事都會使我變得神經質，我無法處理自己的情

34・逼迫狗到處挖寶的壞心老爺爺，典出日本民間故事《開花爺爺》。

緒。一直、一直辦不到。

後來母親連熱水壺都不會用了。儘管如此，她還是會在盤子裡放些什麼招待客人，也曾經裝滿了一盤牙籤。

有時碰到妹妹剛好也來了。她坐在母親的床上，兩人一起翻開童謠歌本，一起唱歌。看不出媽媽高不高興，倒是妹妹看起來很開心。

妹妹敢摸母親。

然後，她一個月會帶母親去美容院一次，把母親的頭髮染成栗子色。八十幾歲的臉配上栗子色頭髮，看起來奇妙地生動，但是那張髒髒的臉看起來也更醒目。不過妹妹已經盡力了。

妹妹很努力，她會檢查母親的內褲，幫母親買睡衣。

然後等我察覺時，母親已經停止化妝了。之前她還把眉毛畫成八條。打開梳妝台的抽屜一看，只有一盒已經用光的、空蕩蕩的粉餅盒。

阿姨經常去看母親。阿姨去的時候，我也很樂意一起去。阿姨在盂蘭盆節和彼岸節去多磨墓園掃墓回來，也會順道去看母親。所以，我也和阿姨一起去多磨墓園掃墓。

母親從健康的時候就沒有去掃過墓。

小時候我住在牛辻的家，那位只會說秋田方言、在明治維新時代來到東京的外曾祖母，說起話來總是：「MANZU，MANZU。」[35]從

35・MANZU，MANZU 是「真的耶，真的是這樣耶」的意思，但也有「首先，首先」之意。

「MANZU，MANZU」接下來的秋田方言，都由阿姨翻譯給我聽。還有就是頭超大的外公。

大家都變成了一罈白骨，埋在墳墓下的陰暗處。

阿姨蹲在墓前，一蹲下去腰就往兩旁展開，屁股變得很大。然後小小聲的、速度很快地念起經。

為什麼同是姊妹，差別這麼大呢？

去到母親那裡，我總是一臉不高興，可是母親見到我卻突然眼睛一亮，開心地說：「哎呀，是洋子啊。」眼睛簡直像漫畫少女一樣閃著星星。

母親徹底變成慈祥的老太婆，一整天都不停地對看護說：「謝謝你。」「哎呀，對不起。」

人出生的時候，每個人的「謝謝」和「對不起」都裝在同樣大小的容器裡，通常會一點一滴地用，到一生結束時就用完了。

母親被瑛子趕出家，只得四處流浪之後，像用勺子灑水般大量地說起「謝謝」和「對不起」。母親打開了「謝謝」和「對不起」的水桶，結果水桶還剩下滿滿一桶沒用過的「謝謝」和「對不起」。

我真的第一次理解到謝謝和對不起是多麼美好的話語。母親說謝謝和對不起的時候，臉上露出柔和的笑容，看起來像是心裡的慈愛多到滿溢而出。

就這樣，母親的謝謝和對不起也一點一滴改變了我。

「什麼嘛，就只是一個可愛的老太太不是嗎？」那個神智清醒時粗暴而凶悍的母親到哪裡去了？到底哪個才是真正的她？我原本以為失智就是人格崩壞，但母親失智之後，人格變得高尚起來了。

難道這是她的本性嗎？我差點這麼想。可是如果這個人只有溫柔與慈愛，她這一生是撐不過來的。如果母親是這個樣子，父親想必會走得很不放心吧。

父親知道母親的強韌，也知道這份強韌的力量，同時也深知會有那附屬的粗暴。

父親的選擇或許沒錯。

更何況要是性事很合，他們真的是天生一對、無可挑剔的夫妻。

每個人都會在剛剛好的時候死去。

父親沒把四個小孩養育成人就死了，這樣才能讓母親揮發她強悍的能力，不是嗎？

我成了沒爹的孩子，也正如此才養成了不把貧窮當一回事的骨氣與膽識，不是嗎？

如果父親還活著，個性軟弱的弟弟或許就無法在市公所上班，一直被虐待下去。父親死的那天，在日記裡寫下一行「爸爸死了，我很高興」的弟弟，現在也六十六歲了，變成比父親大了十六歲的年長者。

不只是哥哥死掉的打擊，我從小就很得父親的喜歡，父親香菸還沒完全掏出來，我就把菸灰缸和火柴拿到他跟前，所以母親討厭我吧。

或許，我和父親擁有相同質感的語言，或是共通的感覺。父親總是比較疼愛女兒吧。

八歲就會織手套給弟弟妹妹，順從且堅強地保護哥哥，不需要怎麼用功也能考到好成績的我，讓母親看不順眼吧。母親溺愛哥哥，父親很疼愛我，這不正是佛洛伊德會喜歡的範本嗎？

「你們家的小孩真的好可愛耶。」「媽媽真是喜歡小孩啊，不是喜歡男人。」「啊哈哈，別傻了。」

21

母親的存摺裡有一千萬圓又多一點。她是以什麼樣的心情，一點一滴地存到這筆錢呢？她總是把自己打扮得乾淨整齊，也會去海外旅行。看到她幾乎玩遍日本所有地方（有些我聽都沒聽過）拍一大堆照片，我覺得她真的很享受這個世界。不，她這個人絕對不會對這個世界的快樂放手。

我不像母親那麼愛玩，也沒有她的行動力，可以的話，我只想整天躺在床上。看到地板上的灰塵即使會想：「啊，得打掃啊。」可是灰塵永遠都在那裡。母親每天早晚都會把家裡打掃得一塵不染，不曾睡過午覺。和媳婦一吵架就會出現在東京或奈良，這也要花不少錢吧。

但是，母親從來不帶伴手禮。為外公買墓地和建墓時，她一分錢也沒出，全是由阿姨負責。

和她一起外出吃飯，我吃完時她早已不見蹤影；等我付完帳，發現她在外面等著。連聲謝謝也沒有，總是背對著我。

來我家絕對不幫忙做任何家事。即使外孫出生了，她連聲祝賀也沒有，從來沒買過衣服或玩具給外孫。

母親或許認為，她的孫子只有孫女一個。母親會去參加孫女的家長會。因為瑛子老是說老師和家長會的壞話，結果看到孫女也跟著一起說，母親說：「這樣對小孩不好。」我認為母親對社會的判斷是客觀且正確的。

我結婚時，她包了三萬圓的紅包給我，不過為自己買了新的訪問著[36]，可能花了十萬或二十萬圓，我婆婆酸她，說什麼母親應該要買黑留袖[37]。我想母親選訪問著是經過計算的，因為穿這種和服的機會比較多。

買房子的時候，我向母親借頭期款。母親二話不說就借給我了，但要我付和銀行同樣的利息。我能夠在時間內還完房貸，也算是拜母親所賜。不過我還是很感謝母親，此外我深深地體認到，原來有會跟孩子要利息的母親。

36・在和服裡算是準禮服，僅次於禮服，是一種穿著場合很廣的正式和服，下襬經常有俏麗的圖樣。

37・以黑色為基調的和服，袖子較短，裙擺和袖口大多繡有圖案，腰帶則多鑲有金色或銀色的線。通常是母親在孩子婚禮時穿。

母親這一輩子，沒有向人借過錢，也沒有被騙過錢。對錢一向很精明的母親，失智後變得對錢毫不關心。

現在我回想起來，會不會是母親住進養老院以後，加快了失智惡化的速度。

可是如果一個人待在家裡，說不定會惡化得更快？這就很難說了，誰也說不準。

如果我為了照顧失智的母親放棄了工作和社交，我一定會每天歇斯底里，說不定還會虐待母親。

不過，不管採取什麼樣的照護，母親去世後，我有一種成就感，覺得了無遺憾，完成一件事。

我用金錢拋棄了母親。

就像母親慢慢地失智，和她一起住在養老院的人也慢慢地失智了。養老院是個集體慢性失智的地方。

原本靠打屁、說謊、虛榮而交朋友的人，變得不說謊、不愛慕虛榮，每一個人待在自己小小的房間裡發呆。

一旦認不出對方是誰，大概就不需要朋友了，眼神也會慢慢變得空洞。母親坐在床上或椅子上，呆呆地看電視的情況愈來愈多了。

門一開，叫一聲「媽」，她會回頭，然後眼球突然轉黑，閃著少女漫畫般的星星光芒，喜悅瞬間爆發，整張臉笑得像嬰孩一樣。

「啊，洋子。那是什麼？」

「香菸，香菸。」

「你抽菸啊？真是好孩子。」

「媽也抽過菸嗎？」

「我沒抽過，實在遺憾之至。酒的話，倒是能喝。」

「想不想吃點什麼？」

「我想吃的東西，有好——多。可是，我不知道放在哪裡。」

看到母親這種眼神和表情，我敢碰她了。她的頭髮也不染了，整頭變成銀白色，變得好有氣質，也很美。

母親住進養老院不曉得幾年後，她的白髮變得適合穿淺色衣服了。

我開始享受為母親買衣服，粉鮭色的、淺綠苔色的。無論什麼時候去，她胸口都沾著飯粒。我敢幫母親脫衣服了，不會覺得怎麼樣。還有第一次幫她脫掉印有花朵圖樣的粉紅色襪子時，發現母親的腳簡直像研磨棒一樣細，也和研磨棒一樣冰冷。

還有，原本結實、拇指外翻、高足弓的腳，變成像中途放棄纏足的腳那麼小。我有生以來第一次摸母親的腳，這麼小、這麼冰冷的腳。雖然老人家的腳都很冷，可是究竟什麼時候開始變得這麼冷？我拚命地為她摩擦腳，反覆地摩擦搓揉，希望多少能溫暖一點。

「哇，我好厲害！我在摩擦母親的腳耶！擦呀擦，摸啊摸。」我在心裡一直這麼說。

我從小沒有被母親摸過頭，也不曾被她緊緊擁抱過。打從四歲被母親甩掉手以後，我就沒有碰過母親的手了。

父親的手很大很平，很有骨感。天冷時，他會握起我的手，放進他的大衣口袋裡。因為口袋很高，我的手只能停在口袋的淺處。我一直都牽著父親的手。

父親也會讓我騎在他的肩膀上。騎在他的肩膀上，我就能把整串金合歡花摘下來。父親讓我騎在他的肩膀上時，表示他的心情很好，我也跟著開心。

對了，我的衣服全都是父親買給我的。黑底綴著小紅圓點的羊毛連身洋裝；黑色天鵝絨配上白色兔毛的靴子，後來我再也沒見過這種靴子；灰底配上斜斜的白色格子圖樣的連身裙，褲子也是同樣的花色；還有深藍色的天鵝絨披肩。

哥哥的衣服是誰買的呢？可能是父親一起買的吧。

哥哥外出都穿水手服。

我和哥哥各有一頂白色的荷葉帽。哥哥的帽子鑲有藍色花邊，我的是紅色花邊。那時候我和哥哥就像雙胞胎，是家裡只有兩個小孩的時代。

父親也會讓哥哥騎在肩膀上嗎？我不記得了。

哥哥有一輛很棒的小汽車，踩踏板就會動。還有臺三輪車，家裡有溜滑梯，這些都是爸爸買回來的。爸爸還在院子葡萄架下幫我們做了箱型的鞦韆。

那時候母親雖然沒有抱過我，但也不曾歇斯底里對我發脾氣。有時候母親晚回來，我很擔心母親是不是拋棄我，不會回來了，哭得很難過，哭得很大聲。

那時候的母親，很溫柔，不會和父親吵架。

不過，我不知道母親的手握起來是什麼感覺。

她的腳變得這麼小，這麼冰冷。

母親已忘了，她曾經穿著黑色天鵝絨的旗袍和高跟鞋，晚上和父親一起出門。那時候我覺得母親是世界上最漂亮的人。

看著母親穿著高跟鞋，和穿著西裝的父親一起出去，我真的好高興好高興。

那時候我想都沒想過，母親有一天會變成老太婆。

那雙美麗的腿，已經沒有小腿肚了，細得像研磨棒一樣。我在那研磨棒般的小腿用力摩擦。像研磨棒一樣冰冷的小腿。

「我沒有爸爸也沒有媽媽了，我好可憐。不過還有奶奶在，我回家一看，那個胖胖的人在，那是誰啊？」

「我在想以前快樂的事。」

我為母親換褲子。脫的時候，先把母親抱起來，讓她躺在床上。母親明明變得很瘦小，還是很重。我休息了一下，又再度把她拉起來，脫掉褲子。脫掉褲子之後我才發現，母親包著紙尿布。她是什麼時候開始包紙尿布的？我偶爾才來，不太瞭解母親的情況。每週一定會帶鮮花來的妹妹則完全掌握母親的日常情況，因為知道太多，有時還會和養老院的工作人員起衝突。

母親已經忘了她和父親結婚的事，也忘記她生過小孩，不再看向佛壇，所以也不知道那兒有沒有花。

妹妹向看護抱怨，說上星期的花沒有換水。

這有什麼關係嘛，人家看護很忙。我是覺得你自己沒能好好照顧母親，就不要向人家發牢騷。

不過妹妹會和母親一起坐在床上唱歌，兩人的身體緊緊挨在一起，打開同一本歌本。妹妹敢碰母親，也會幫她梳頭。

母親失智還沒那麼嚴重的時候，妹妹經常帶她回家過夜。還帶母親去賞櫻，去咖啡店喝飲料。

真是模範孝女啊。

冰箱裡的點心和茶，都是妹妹帶來的。

我把母親拖到床上讓她躺下，自己已氣喘吁吁、累壞了。

等我回過神來，發現自己跨坐在母親身上。我把手從她的腋下抽出來，稍微休息了一下，岔開雙腿。

「媽，我累了，可以睡在你旁邊嗎？」

我下意識地這麼說。

「好啊，好啊。來來來。」

22

我終於敢摸母親，真是一件不得了的大事。

徹底失智的母親，真的是我的母親嗎？即使痴呆了也會本能地不樹敵以保護自己，這是人自然會湧現的能力嗎？

我把母親拖到床上後，鬼叫了一聲：「啊，累死我了。」然後鑽進母親的被窩裡。母親說：「來啊來啊，進來這裡睡。」還主動掀開棉被。我說：「我會掉下去，你睡過去一點啦。」母親笑得跟小孩一樣。「來啊，再睡過來一點，來啊來啊。」我在母親的被窩裡，跟她像還沒扳開的竹筷子般緊貼在一起。

什麼嘛，其實也不會怎麼樣啊。母親既不臭也不髒。

我究竟從什麼時候開始沒有和母親靠在一起睡覺呢？小時候因為弟弟妹妹一個接著一個出生，我沒有印象。不過在戰後的大連，我們早上醒來都很想和母親睡在一起。

無論是哥哥、弟弟、嬰兒還是死去的忠史，大家都想鑽進母親的被窩裡。從棉被尾端鑽進母親大腿之間的是誰呢？

那時候，母親真的就像一般的母親。

父親說：「那麼想跟母親一起睡的話，做一個圓的被子不就得了。」

父親的創意工夫，指的就是這個嗎？失智的母親，回到那時候的母親了嗎？

我躺在養老院的床上，很自然地拍起母親的被子。

「睡喔睡喔，乖乖睡吧，媽是個乖孩子。乖乖睡，乖乖睡。」母親笑了，笑得非常開心。

然後母親也在我的被子上拍啊拍地說：「乖孩子，乖孩子，乖乖睡喔……接下來是什麼？」

「孩子的守護神到哪裡去了？」

「越過那座山，越過村莊……」

我一邊唱著，一邊撫摸母親的白髮。

忽然，我的淚水奪眶而出，自己也沒有料到。

接著，我說出了我想都沒想到的話：

「對不起啊，媽。對不起。」

我號啕大哭，哭得唏哩嘩啦。

「我是個壞孩子。對不起。」

母親恢復神智了嗎？

「我才對不起你，不是你的錯。」

我心裡有種東西爆發了。「媽，謝謝你失智了，謝謝你。神啊，謝謝祢讓我母親失智。」

在我心裡凝固幾十年的厭惡，猶如在冰山澆了熱水，融化，熱氣不斷冒出來。

母親失智後，像是把裝在水桶裡一輩子份的「謝謝」和「對不起」

全部倒了出來，現在空了嗎？

母親就是這樣和「謝謝、對不起」一起出生的嗎？任何人都是吧。然後漸漸發生了說不出這些話的事情，也造就了說不出這些話的性格。

我終於從折磨了我將近五十年的自責中解脫出來。

我覺得活著真好，活著真的太好了，我萬萬沒想到會有這一天的到來。如果母親沒失智，還是像以前一樣動不動就說「才沒有這回事」，我能坦誠地敞開心房嗎？

那大概是發生在母親失智六年多的事。在這之前，雖然她痴呆了，我不再酸她，也不再責備她，內心某個角落還是認為她被趕出自己的家、得要在幾個女兒家之間流浪，是她自作自受。

這一天對我而言，是一生一次的重大事件。

我覺得被原諒了，世界不一樣了，變得祥和安穩。

我得到了寬恕，被一種超越人類智慧的偉大力量寬恕了。

我抱著瘦小得只剩皮包骨的母親哭泣，不停不停地哽咽哭泣。哭完之後，心情像感冒痊癒的清晨。

我實在太高興了，寫了一封厚厚的信給河合隼雄老師，光是寫就舒坦多了。我根本沒有顧慮老師非常忙碌，只是因為之前有一次對談時，我提到母親的事，所以我一定要把這份喜悅告訴老師。

過了不久，收到河合老師的回信。老師很為我高興，說這個世界就是這樣自然安排好的。在老師百忙中還去打擾我感到很抱歉，但我真的高興到不寫信給他不行。

之後，我去母親那裡不再感到痛苦了。

母親的失智緩緩地加重，所以我去了，她也只是躺在床上。看護有時候會讓她坐在輪椅上，避免她一直臥床不起。這時母親會空茫地望著一個定點，動也不動的樣子看起來有點嚇人。

「媽。」我出聲喚她。她會嚇一跳，然後以無法聚焦的眼神說：「你是誰？」她已經認不出我了嗎？「我是洋子啦！洋子！」只要我大聲一說，她那茫然呆滯的黑眼珠會瞬間閃出喜悅的光芒。

「啊，是洋子啊。」

妹妹去看她的時候或許也是同樣的狀況，但我總覺得母親只有在面對我，黑眼珠才會特別出現光芒。

即使她眼神空洞地躺在床上，只要知道是我來了，她的黑眼珠就會閃現光芒。我也養成習慣，只要母親在床上，我就會鑽進她被窩。

我們在床上的對話總是牛頭不對馬嘴，實在太無厘頭了，常常逗得我哈哈大笑，所以我也記在筆記本裡，這些對話如果忘了就太可惜了。

母親突然冒出一句：「唉，沒辦法啦。」於是母親認為沒辦法的事，全部在我腦袋轉了起來。她是什麼時候開始變得如此消極悲觀？

不過即使神智清醒，也得相當樂觀才會不說「唉，沒辦法」吧。

世上真的充滿了無奈。母親有時會像是巫女或通靈者，有如神靈附體，借著她的嘴巴說話，傳達出某種絕對的精粹。難道失智能超越人的狀態嗎？

我從腦袋裡不斷轉著的事情中，抽出了一項。

「媽，你覺得寂寞嗎？」

「我很寂寞，寂寞得不得了。」母親說完，看著緊握的手背，像個孩子似地哭了起來。我頓時驚慌失措，被我的自以為是倒打一把。仔細一看，母親並沒有流淚。我被失智者狠狠地耍了。

「可是每個人都很寂寞呀。」

我察覺到對手是神。

「真是這樣嗎？」變成一種語帶挖苦的口氣。

有一次她看著我的黑色包包問：「那是誰？」

「那是包包。」我都這麼說了，她還是凝視著包包，所以我把包包拿到她面前：「你看，是包包。」她伸手推開包包：「說啊，說啊，這是誰？」我讓她摸了摸包包說：「看吧，是包包吧。」「我真的以為是誰呢。」母親可能也常常出現幻覺。

如果有「心」這種東西，我覺得我對母親的心，像是用麻繩捆啊捆地緊緊纏繞捆綁了起來，綁了幾十年。如今這些麻繩鬆開了，我終於能輕鬆地呼吸，起死回生。

在這期間我動了乳癌手術。

整顆頭剃成了光頭。

我就這樣頂著一顆光頭鑽進母親的被窩裡。母親摸著我的頭說：「哎呀，哎呀，這個男生是誰啊？」說完還繼續摸。

「是洋子。」「哎呀，咦？有可能喔。」

有一次我們並排躺著的時候，母親握著我的手說：「我希望有個像你這樣的姊姊。」

「我希望有個像你這樣的媽媽。」

「啊哈哈，真是搞不懂你啊。」

母親真的變得好可愛，像小狗小貓一樣可愛。

她停止染髮，頭髮全白之後，不知不覺中臉上的老人斑也全不見了。

母親變成美麗的、小小的、有氣質的人。往她的臉頰一摸，像在摸嬰孩的屁股一樣光滑柔嫩。

此後我都很期待去養老院見母親，和母親見面成了一種愉快的享受。

神啊，我得到寬恕了嗎？

比起得到神的寬恕，寬恕自己是更難的事。

後來我去見母親，總像是要去見心儀的人，心情興奮雀躍。

有一天，我在母親的床上說：

「我也六十歲了，變成老太婆了。」

「哎呀，真可憐，是誰把你變成這樣？」

真是意味深長，我對自己已經六十歲感到愕然。不知不覺的，一回神就六十歲了。怎麼會？怎麼會？自己都嚇一跳。

有一天，母親說：

「誰來為我說明一下，我是個怎麼樣的人？」

除了靜默，別無他法。

經常有人說：「失智的人贏了，因為本人什麼都不知了。」聽到這句話我就火大。

沒有失智過，說這什麼屁話。

母親知道她不知道。

我也不知道我是個怎麼樣的人，可能一生都不知道。誰也不知道。

我沒和母親一起唱過歌，我是個音痴，連歌都沒哼過。

母親和妹妹一起唱童謠時，母親開心得像個孩子。有一次我去養老院，在餐廳看到一堆老人配合看護打拍子、唱著「烏鴉，烏鴉，為什麼哭呢」，沒有人看起來是高興的。每個人都只是眼神黯淡地動著嘴巴。更讓我感到悲慘的是，有位高大、長得很體面、曾是大學教授的老先生，他也痴呆了。大學教授也會失智。

有位老太太，只是動著嘴巴，一邊把餐桌布一點一點地拉到自己前面，差點就把裝著紅茶的茶杯掉到地上。

還有一位胖胖的老太太，一邊唱歌一邊像在做間奏似的，戳著旁邊瘦小的老太太說：「你唱得太難聽了。」

哪天我痴呆了，我一定要唱〈浪花節人生〉或美空雲雀給你們聽！

和母親無厘頭地聊天快樂多了。
有沒有什麼好事？
我只要好東西就好。
好可愛的母親。我好開心。

23

母親的手變得好小，只有薄薄的皮膚在骨頭上滑來滑去。

透過黃色的皮膚，彷彿可以看到白色的骨頭。

人體真的很神奇。沒有機器能夠持續運轉九十年，幾乎一個世紀。即使上班時間結束了，內臟依然在工作，心臟依然噗通噗通地跳著，呼吸也沒有片刻停歇。

九十年來，母親用這雙已經變小的手，完成了所有生命裡的事。這雙手在五歲的時候是胖嘟嘟的吧。

這雙手折斷過寺院裡的大菊花，被和尚揪住領子教訓，最後是謊稱要尿尿才逃了出來。這雙手也為了讀書、寫字握過鉛筆。這雙手繫過鞋帶，這雙手拿著筷子吃飯。

結婚生子後，這雙手洗尿布，擠奶，拿菜刀切菜做料理。

我所知道的母親的手，是結實、粗厚、紅通通的。

那種前端細得像銀魚的手，能和母親的手一樣幹相同的活嗎？

哥哥和我的毛衣都是母親親手織的。在北京的時候，母親和隔壁的阿姨商量後，幫我和同年的久惠做了同樣的緊身毛線褲，那是我五歲的時候。我還記得母親說，用毛線和絹絲一起織比較耐穿。

我和久惠穿著相同的緊身毛線褲合影的照片還留著，是用黑色毛線和紅色絹絲織成的。我們拍照時穿著同樣的緊身毛線褲，但久惠是很漂亮的小女生，所以看到這張照片時，我既高興又討厭。穿起來好看的程度完全不同，很難認為那是同款的。

哥哥有一件褐色毛衣也很漂亮，白色方形圖案在胸口繞身體一圈，織起來很費工。

戰爭結束時，家裡有四個小孩，每個孩子的毛衣圖案都是條紋。因為母親拆了舊毛衣，整個一束毛線，清洗，然後在用水壺的蒸汽把皺皺的毛線蒸到舒展開來。那時我會把整束毛線用我的雙手撐開，協助母親捲成毛線球。

起初是哥哥在做，後來很快變成我的工作。我配合轉動的技巧很好，能讓母親不必動來動去就能做成毛線球。雖然做得我手痠死了，但能和母親面對面，一起做一件事，我真的很高興。因為新的毛線很難弄到手，冬天時，附近的小孩幾乎穿條紋圖案的毛衣。

後來學了簡單基礎的目利安編織法，母親會讓我織。我很喜歡編織，所以後來也學會了鬆緊針織法。等我學會增減針數以後，我就會織手套了，還學會了在穿線的地方開孔。八歲那年的冬天，我幫我和弟弟妹妹們織了手套。我想是因為母親教得好。

母親會把鬆緊針的部分織得又寬又長，然後用繩子穿過手心的底部，讓我們把手套掛在脖子上。這種設計比其他孩子的手套漂亮許多。我們兄弟姊妹就是掛著不同顏色、相同設計的手套遣返回日本。

母親經常交代我們，要把手套穿在大衣的袖子裡，這樣手套才不會搞丟。

然後，當然這一雙手也下廚做菜。母親的廚藝很厲害。

現在就算捏同樣的飯糰，我和妹妹也捏不出和母親同樣的味道。

不曉得哪個地方弄錯了，就是不一樣。

我從七歲起就一直幫著母親做菜。就算那時我在外面和別家的小孩玩，母親只要叫一聲「洋子」，我就得去幫忙。別家的小孩可以玩到母親叫「吃飯了」，所以每次我都「啊啊啊啊」地跑回去，心情很鬱悶。

這種情況一直持續到十八歲我上東京為止。

彼岸節母親一定會做牡丹餅。有紅豆、黑芝麻、黃豆粉三色，滿滿地裝在細長的淺盒子裡。

市面上開始賣美乃滋之前，母親也會叫我做美乃滋。

等我稍微長了心眼之後，企圖以念書為由逃避，不過母親會說：「書晚一點再念。」絕對不讓我逃走。

父親很愛喝酒，所以母親一定會為父親特別做下酒菜。

我讀中學以後，已經可以輕鬆地把一整隻魚剖成魚片。

也知道怎麼把沙丁魚的骨頭卸下來。

這一切都是母親那雙不太長、有點胖的手傳授給我的。

由於父親去世得早，現在看到電視上那些多到溢出來的奢侈料理和食材，就好想讓父親吃吃看。

父親走後，母親也是看著日本逐漸豐裕起來，所以我想母親這麼想的次數一定比我多。

母親那雙變得小小的黃色的手，為了家人，不曉得被操得多凶，做出了許多了不起的事。

二十三歲，以現在來說或許算年輕，我在這一年結婚了。

我婆婆就像漫畫裡畫的那樣愛欺負媳婦，因為實在跟漫畫裡太像了，我不由得大聲笑了出來，婆婆想必很不高興。

「現在的女人真好命啊，不用去新娘學校上課就能結婚了。」婆婆一臉陰沉，小聲地酸我。婆婆會做的料理只有天婦羅和加了高麗菜的壽喜燒。那時年輕的我心想，這是什麼呀，於是趾高氣揚做了沙丁魚丸湯、中式白切雞、胡麻菠菜，甚至連涼拌小菜都做了。

我年輕時真的很蠢啊。

然後我生了一個小孩。養孩子真的很辛苦，就算只有一個也夠把人累翻。

養小孩的辛苦，讓我覺得工作的辛勞根本不算什麼。

母親生了七個小孩，失去了三個，忍受著喪子之痛把四個扶養長大。

我做不到。

孩子一發燒，我就緊張得跳起來，隨便長個什麼東西，我就火速帶去給醫生看。當年母親帶著一個體弱多病的哥哥，還有生了兩次大病從鬼門關回來的弟弟，這期間還有哇哇大哭的嬰孩，在如此艱鉅的情況下，母親依舊理所當然地照做三餐。我做不到。

再加上唯有批評精神堪稱是天才、從來沒有幫忙做過家事的丈夫。

有一次母親回東京娘家不在，父親曾動手洗碗。十根筷子，父親居然一根一根地擦。即使還是小孩的我都知道，這是父親有生以來第一次擦筷子。

十根筷子應該用抹布捲起來，雙手用力轉啊轉地搓揉才對。母親小小的手，到底有幾千次，說不定有上萬次，用抹布轉啊轉地擦過筷子。

夫妻吵架時，這雙手拿起圍裙捂著眼睛哭泣。

還有這雙手在母親發飆的時候，戳過我，甩過我耳光。

這雙手也拿過剪刀、學習插花，考到證照，還開班授徒。

這雙手也寫過信，做過很爛的短歌。

人的手真的很厲害。這雙手捏死過蝨子，摺過包袱巾，在廁所拿衛生紙擦屁股。

如今母親的這雙手，究竟能做什麼呢？會把煎餅放進錢包裡、把滾筒衛生紙放進衣櫃的抽屜裡、坐在椅子上，不斷不斷地撫摸抱枕。用這雙小小的手。

然後，我在母親的手變得這麼小的時候，拋棄了她。

因為我拋棄了母親，心情偶爾也會比較溫和。

小妹每星期都會帶鮮花和甜點來看母親。一次都沒有少過。母親有個孝順的女兒真好。而且小妹總是會以溫柔的聲音陪著母親一起唱歌。

母親有三個女兒，至少有一個溫柔孝順的，真是太好了。

那個嫁得很遠的女兒，從小和母親感情也很好，不像我和母親的糾葛這麼深。

她經常從很遠的地方來探望母親。太好了啊。

我已經記不太清楚了。

她究竟在這裡待多少年了？

我要走的時候，她總是拖著腳走到養老院的前面，面帶笑容地一直對我揮手，那是幾年前的事呢？

失智的症狀是以什麼順序慢慢惡化呢？我也想不起來了。

我來看她的次數，不及妹妹的十分之一。這雙手變成這樣之前，是怎麼慢慢地變小、變黃的呢？我已經不清楚了。

從什麼開始，變得幾乎是躺在床上呢？眼神變得如此空洞之前，究竟經過哪些症狀呢？我已經想不起來了。

當年，母親對我的高中導師說「可能是出於嫉妒吧」，我想她是不是搞錯了什麼。

後來我明白了，那或許是真的。因為我和父親很像，老是挑母親討厭的地方窮追猛打，沒有想到要為她留退路。

父親留下了傑出的工作成果，同一個工作小組的人把他比喻成「剃刀」。我不像父親那麼優秀，但就像鶴見俊輔[38]先生說的：「佐野女士，你沒什麼常識耶。」我覺得他這句話是在說我不在乎世人的眼光，自己不想做的事絕對不做，不在乎別人怎麼看。

父親的人格魅力比我大，他的朋友曾如此說道：「他身上有著和別人不同的氣質，是個相當獨特、與眾不同的人。」同樣的特徵在我身上一定適得其反。父母吵架的時候，我只能理解父親的說法。

而父親雖然沒有明說，但他對我一定有著超乎我實力的期待，把我當作他的某種分身吧。

父親講話刻薄難聽，所以我不記得他誇獎過我，不過我知道父親很愛我。

我認為父親選了一個和自己資質完全不同的人當老婆是正確的。以夫妻的組合來說，他們是很棒的一對。

母親是真的嫉妒我。

38・鶴見俊輔（一九二二～二〇一五），日本思想家、大眾文化研究學者，其外祖父為曾任臺灣民政長官的後藤新平。曾與佐野洋子有多次精彩對談。

24

後來，母親臥床不起。

即使一直躺在床上也是失智狀況。

明明失智了，有時還會說出驚人之語。

「你就把一切都忘了吧。」

整天昏昏沉沉地躺在床上。由於拔掉了假牙，臉變得更小。嘴唇陷入嘴巴裡，臉色顯得有些黃。

然後接下來的事，我幾乎都不記得了。因為我的乳癌復發移轉到骨頭，無法走路。

母親走的時候，我可能是拄著拐杖或坐在輪椅上吧，我也不知道。在我的印象中，我是站在醫院病房的床頭，一直看著過世的母親。母親和在養老院一樣，看起來昏昏沉沉地躺在床上，但已經成了一具屍體。我認為母親在養老院痴呆地臥床不起時，就已經慢慢變成屍體了。

我也不記得我是怎麼去到火葬場的。

當焚化爐的門關上後，突然傳出轟的一聲，我覺得看到了爐裡變成火紅的樣子，或許只是我覺得。

阿姨、表弟妹、姨丈、弟弟妹妹和他們的配偶應該都在，可是我幾乎想不起來了。

實在沒辦法，我只好問妹妹。

「媽死的時候幾歲？」

「九十三歲呀。」

「哪一天死的？」

「二〇〇六年八月二十日，早上九點半。」

「那時候，我在那裡嗎？」

「你不在啦，只有我和哥哥在。」

「我什麼時候去的？」

「你是在媽的遺體送到葬儀社的靈安堂以後才去的。」

「那時候媽已經入棺了嗎？」

「對啊。下面鋪著白得發亮的被子，上面也蓋著白得發亮的和服，放了纏腳布和纏手布，還有拐杖，臉上蓋著白布。渡過冥河要用的錢也放在裡面。」

「那個錢是紙鈔嗎？」

「不是，是一種印著從前鈔票模樣的紙張。」

「是誰跟葬儀社聯絡的？」

「我呀。」

「什麼時候決定的？」

「我以前就查過了，找了附近的葬儀社。」

妹妹真的很注重細節，連時間和順序都記得很清楚，而且這一切幾乎都是她在張羅。

我記不清楚，我有沒有站起來看已死去的母親？

聽說焚化場把母親的遺體燒得很好。

看著母親那又小又細的雪白遺骨，我覺得死亡既恐怖又很爽快。

焚化場的人說，以母親的年紀，這骨頭算是很健壯的了。

我因為癌症復發坐在輪椅上。

沒有人哭。不過這是我認為的，說不定妹妹她們都哭了。

可能因為我不記得我是否哭了吧。

母親的遺骨和父親放進同一個墓裡。

父母的墳墓在因山岡鐵舟[39]得名的鐵舟寺的斜坡上，離靜岡的清水老家很近，只要一分鐘路程。

父親生前和鐵舟寺的和尚很熟，自然安葬在這裡。從這裡的斜坡看下去，那風景簡直像以前澡堂裡的油漆畫般完美。正面可以看到整座富士山，連山麓都看得很清楚，前面有寬廣的駿河灣，墳墓旁有棵櫻花樹，到了春天櫻花會綻放。母親年紀大了以後，要爬上那座斜坡變得很困難，於是她曾動念想把墳墓遷到下面一點，最後自己也進了這位在斜坡上的墳墓。

39・山岡鐵舟（一八三六～一八八八），日本幕末至明治初期的武士、政治家、思想家，以「劍・禪・書」達人聞名，並與勝海舟、高橋泥舟稱為「幕末三舟」。擔任靜岡權大參事（副縣長）期間，將當時已經荒廢的「久能寺」改為「鐵舟寺」。

總之這是一座非常出名的名門寺院，父親死後五十年，和尚也換了好幾代。

父親的戒名（法名）是最高等級的，如果要給母親取同等級的戒名需要一百二十萬圓，我聽了大吃一驚。

母親過世，我為母親做的唯一一件事，就是去找和尚討價還價，請他把戒名算便宜一點。

去找和尚討價還價後，我徹底同情起和尚。

什麼國寶、重要文化財、佛像、佛教經典，這些寶物經常要在展覽會上展出，每次展出都要花大筆的搬運費和保險費，平常為了良好保存也要花很多錢，我聽了連聲嘆息，雖然不知道是真是假。

日教組的妹妹說，釋迦牟尼才不會把人分等級呢。她說得很對。

即使她說得很對，可是社會上的人不都在分等級嗎？

政治家跟和尚都一樣。

在資本主義社會裡，公務員也是靠資本主義的營收抽取稅金吃飯。

不過母親去世，終於可以永遠待在父親的身旁，這使得我對墳墓這種東西感激不已，鬆了一口氣。

母親進入墳墓後，我真的鬆了一口氣。

母親度過了比我想像的更加波瀾萬丈的人生，她真的很堅強地活完這一生。

或許有點粗暴，但她堅強地活在現實裡。

母親是極其普通的善良市民、一般大眾、日本國民，沒有什麼特別之處。

九歲碰到關東大震災，經歷了摩登女郎的時代，和父親結了婚，前往當時是日本殖民地的北京，到二次大戰結束之前過著相對優渥的生活，然後戰爭結束了，她要養五個小孩，最大的只有九歲。在戰後的兩年裡，身為知識分子的父親變得膽怯窩囊，母親堅強地代替他，張羅食物養活一家人。

那時候的她變得很有精神，展現出堅毅的生命力。

一個人帶著一家七口，回到了日本。

然後孩子相繼倒下，一個個死了。我自己有了孩子以後才明白，母親溺愛的哥哥過世時，她受到的打擊有多大。

母親逢人便說，而且是裝模作樣（看在我眼裡是這樣）噘著嘴說：「沒有比失去孩子更痛苦的事。」然後抄起圍裙或手帕掩面拭淚。

還有，她會甩我耳光，把尿床的弟弟臭罵一頓。

母親像是動物的母親，有著本能的母愛。

弟弟在北京發高燒、渾身癱軟無力，大家都覺得弟弟沒救時，母親抱起弟弟跑過胡同，到了一個小廣場。穿過胡同時，弟弟稍微清醒了。母親說，她發現胡同裡的人家都在辦喪事，才知道這裡不是個好地方。

母親很喜歡嬰孩。有一張母親抱著襁褓中弟弟的照片，那模樣簡直像小貓小狗在舔小孩一樣，幾乎是菩薩了。

小孩會講話以後，她就放著不管了。因為小孩是動物，我們兄弟姊妹就像動物一樣打鬧。

小孩能夠自己賺錢以後，母親就什麼都不干涉了，也不曾反對過女兒的婚事。

生七個小孩這種事，我怎麼都做不到。可是她就算窮到快被鬼抓去了，也還在生小孩。死了三個小孩這種事，在以前也會大致列入人生的估算裡吧。

讓母親生那麼多小孩的是父親，父親到底在想什麼呢？

我記得那一天，父親讓我們四個小孩坐在榻榻米上，彷彿預知明天就要死去，一個一個凝視著，然後第二天就撒手人寰了。

我想他也死得不安心吧，畢竟還沒有一個小孩長大成人。

當時母親是四十二歲的家庭主婦，後來她把孩子們都送進了大學。

母親從未抱怨過戰後的貧困生活。

讓母親無法忍耐、過得最不順遂的是和媳婦在一起的日子。

唯獨和那個人共處的生活是她無法忍耐的。

人面對辛苦雖會產生力量，但煩惱無法消除。

被媳婦趕出她成為寡婦後自己攢錢蓋的家，被迫開始流浪的老年生活。

接著急速失智。

失智後，變得像佛陀一樣慈祥。

衰老使得原本支撐著人生的精神蕩然無存。

母親和父親生活了二十年，之後的人生還有五十年。

我覺得她二十年的婚姻生活是幸福的，因為母親很尊敬父親。

能夠尊敬丈夫是最幸福的，不是嗎？

即使父親身為一個人有很多缺陷，因此每天晚餐都會上演夫妻吵架，沒有一天休戰，但我認為這完全不影響母親對父親的尊敬。

太好了，真的太好了。

然而不幸的是，她很信任最合不來的女兒，也就是我。

我真搞不懂，我強烈的責任感是打哪兒來的。

到了七十歲，我每天都感到害怕。我健忘的速度快得非比尋常。因為要做什麼而站起來，可是站起來後就忘記要做什麼了。然後，呆呆地站在那裡。

這和母親剛失智時一樣，那時候母親經常呆呆地站著。母親呆然站立的時候，她的周圍彷彿環繞著一圈五公分的霧靄。

我一定也被同樣的霧靄包圍了。

現在，我罹患的是和年齡相符的健忘症還是和母親一樣的失智？我無法分辨。

不過分辨出來又有麼用呢？

「那是什麼？」「香菸，香菸。」「你抽菸啊？真是好孩子。」「媽也抽過菸嗎？」「我沒抽過，實在遺憾之至。酒的話，倒是能喝。」「想不想吃點什麼？」「我想吃的東西有好——多喔，可是我不知道放在哪裡。」

我也會死。有無法誕生的小孩，但沒有不會死的人。

晚上睡覺的時候，電燈一關，每晚母親都帶著三個小孩出現在我腳邊，就像透過夏大島的和服布料看過去，母親和小孩站在褐色透明般的霧靄中。

有一種寧靜、懷念的感覺。

我也要去寧靜、懷念的那一邊。

媽，謝謝你，我立刻就來。

《靜子》：打開了日本文學界潘朵拉盒子的一本書

新井一二三（日本作家、明治大學教授）

大家都讚美母親，母性神聖可說是世界性的信仰。然而，世上也總有些孩子從小受母親不同程度的虐待長大，永遠得不到母愛，因此遍心鱗傷。在信仰母性的社會，他們往往得不到別人的同情，搞不好就被扣上不孝順的帽子，於是療傷過程經常會需要很長的時間。對那些孩子們而言，以《活了一百萬次的貓》聞名的童書作者佐野洋子二〇〇八年問世的長篇散文《靜子》起的療傷作用特別大。書中，她公然寫道，曾長期討厭母親，因為母親為人虛榮、下流、冷酷，又曾對自己施加了身體心理兩方面的虐待。

看後來的發展，《靜子》打開了日本文學界的潘朵拉盒子。同一年，精神科醫生齋藤環的《母親支配女兒人生》和心理醫生信田小夜子的《母親太沉重了》前後刊行，思想哲學月刊《EUREKA》也推出了〈母親與女兒的故事〉專刊。翌年，前參議院議員中山千夏寫的《幸子與我：一對母女的病例》問世。二〇一〇年，流行作家村山由佳發表了長篇小說《放蕩記》，書中彷彿作者的女主角，小時候受到母親過於嚴厲的管教，結果導致心理不平衡，長大後強迫性地耽溺於異常放蕩的性愛關係。二〇一二年，日本文學界女王水村美苗因《母親的遺產——新聞小說》一書而獲得大佛次郎獎，書腰上的廣告文竟寫道：媽媽，你到底什麼時候給我去死？

這一連串書的作者，除了精神科醫生齋藤環以外，其他全是女性，唯一男性齋藤的書又專門探討母女關係。可見，日本女性長期在心底壓抑了對母親的怨恨，而佐野洋子打開了潘朵拉盒子以後，她們長期積累的負面感情猶如岩漿噴出地表，一下子爆發出來不可收拾了。佐野洋子一九三八年出生，中山千夏一九四八年出生，水村美苗一九五一年出生，村山由佳一九六四年出生，都是受第二次世界大戰後日本的民主主義教育長大的一代人，跟老一輩母親有價值觀念上的巨大差異。果然，她們的母親對各自的女兒，有對幸運世代的羨慕和對年輕女性的嫉妒，跟母性本來就具有的支配性混合在一起，呈現出強烈到幾乎逼女兒發瘋的愛與恨。從母性信仰的角度來看，她們也許是冒瀆女神的叛徒。可憐之處在於她們都等到母親去世或者患上失智症以後才敢寫出對母親的怨恨和憤怒。換句話說，直到母親離開人間為止，個個都做了大半輩子的好女兒，母親去世以後，才向社會訴苦起來，希望得到同情和理解。

以《靜子》為例，雖然佐野洋子重複地寫她多麼討厭母親，因而付了很多錢把她送進高級養老院，算是花錢拋棄了母親，但是心中的罪惡感也始終非常沉重，使她經常忍不住哭泣起來。更可憐的是，當寫起收錄於本書的文章之際，作者已經六十七歲，前一年因癌症割掉了一邊的乳房，而且還沒擱筆之前，就開始出現跟母親剛患上失智症時類似的症狀。看著本書，讀者會發覺：作者一開始是描述母親痴呆的種種症狀，後來她的文筆都受了疾病的影響，把同一句話重複地寫了好幾次。最後，七十歲的作者向已故母親說道：「媽，謝謝你，我立刻就來。」且讓我提醒你：日語裡「謝謝」一詞的意義等同於英文的「I love you」。佐野洋子是說話算話的：她二〇一〇年十一月就瞑目，享年七十二。也就是說，從她母親九十三歲去世到她自己斷氣只有四年時間而已。而那四年裡，她都一直都受到癌細胞折磨。該可以說，她拿自己的生命換得了打開潘朵拉盒子的鑰匙。

揭發母親黑暗面的文學作品，在人類歷史上有不少前例。例如，十九世紀初在現今德國出版的《格林童話》裡，就有〈白雪公主〉、〈糖果屋〉等繼母欺負小孩的故事。據說，那些毒辣的繼母角色其實本來是生母，後來為了讓中產階級讀者容易接受，才改成繼母的。這就是榮格心理學所說的大母神，兼備愛護和破壞，乍看互相矛盾的功能。

在當代日本，佐野洋子之所以領先打開潘朵拉盒子而揭發大母神負面，恐怕跟她自己的成長經歷有直接關係。她的父親佐野利一任職於當年的南滿州鐵道株式會社調查部，洋子在日本占領下的北京出生，在四合院裡長大。母親的拿手菜是京式手工水餃，孩子們穿的毛衣都是她親手織的。對他們一家人而言，日本戰敗自動意味著家長失業，全家沒落，母親從中產階級太太淪落為一無所有的戰敗國窮光蛋老婆。經過蘇聯占領下的大連，遣返回美國占領下的日本時，長女洋子九歲，哥哥的背包藏著小弟弟的骨灰。不久大弟、哥哥都陸續病逝，從此母親開始虐待小洋子了。她不僅把小女兒要牽她的手粗暴地甩開，而且就因為女兒犯了小小的錯誤，就拿起掃把來毒打到差點要喪命，使得鄰居談論：是否繼母在欺負繼女？洋子長大後說道：母親幫她磨練出強悍的人格來了。一樣重要的是，她小小年紀就看透了這世界：充滿回憶的家園會忽然沒有了，曾經溫柔的母親會忽然變成施虐者。

洋子十九歲還沒考進大學以前，父親五十歲就去世了。四十二歲成了寡婦的母親，在女兒看來變得很下流，常常喝醉酒，也交情夫。儘管如此，母親做公立母子宿舍的舍監，讓倖存的四個孩子都大學畢業，還買下一塊土地蓋了房子，生活無憂，直到被兒媳婦趕出家為止。也許是哪個老人家、哪個失智患者都難以伺候的，何況是曾虐待自己的母親。洋子只好把她送進養老院去，卻從此一直受良心苛責。母親方面，逐漸失去記憶的同時，出人意表地開始變成好老人。以往她絕不肯說的「謝謝」、「對不起」兩句話，居然從嘴裡溢出來。洋子對她的怨恨曾跟冰山一樣巨大而堅硬，都被那兩句話融化了。曾不能碰觸母親身體的女兒，最後也常上她病床陪睡了。洋子搞不清楚，是她原諒了母親，還是被母親原諒的，也罷了，兩個人都快要渡冥河之際，還有什麼區別？

佐野洋子去世以後，日本《文藝》雜誌刊出了追悼特集。在眾多追悼文裡，有兩篇文章給我留下的印象特別深刻。首先是她獨生兒廣瀨弦和第二任丈夫、著名詩人谷川俊太郎之間的對話，他們都說：「洋子的母親其實是很普通的一個人，可在《靜子》裡被洋子塑造成魔鬼，最後母女倆達到和解的橋段也是虛構出來的。結果很好看，就沒什麼可說的了。」包括我在內，大多讀者都當《靜子》是根據事實的長篇散文，然而實際上，似乎並不是那麼一回事。佐野洋子是創作者，寫文章自然要選擇她認為最合適的方式。我們得承認，她選擇得很對，以致成功地打開了潘朵拉的盒子。

另外一篇則是一九四九年出生的作家、評論家關川夏央寫的〈在大陸長大的文學者，佐野洋子〉。關川寫：「《靜子》是母女「和解」文學的最高峰，同時也是故鄉喪失者文學的傑作。」他所說的「故鄉喪失者」，是指日本戰敗後被遣返回國的一批人，其中有小說家安部公房、指揮家小澤征爾、電影《寅次郎的故事》導演山田洋次等著名藝術家。關川認為：「他們的作品表現出來的哲學性、國際性、一直沒有固定居所的孤獨性，在《靜子》裡統統都存在。」在洋子生前的來往中，關川也感覺到：

「在乍看開朗的基調裡時而摻合悲傷，恐怕就是小時候的經歷造成的。」

從《活了一百萬次的貓》到《靜子》，佐野洋子留下的眾多作品裡，最令人難以忘記的確實是「在乍看開朗的基調裡時而摻合悲傷」的幾本著作。她的簡介也一貫從「一九三八年在北京出生」開始；可是，講到在中國過的童年，就一定把自己一家人劃為「壞蛋」。身為侵略者的後代，快樂的童年記憶是她終生的原罪。雖然對歷史不能說「如果」，可是如果沒有被遣返回來，佐野家各人的人生遭遇絕對不一樣，《靜子》一書也因此不可能誕生。關川的文章最後一段寫道：「對她來說，無論多麼習慣熟悉，日本永遠是『旅居地』。那感覺恐怕一輩子都沒有抹去。她和母親在漫長而曲折的路盡頭達到的『和解』與她跟『戰後日本』的和解，意義正相同。」原來，倖存的母女倆，跟年紀輕輕就去世的兄弟和父親一樣，都是戰爭的受害者。

母女之間的深刻矛盾，一方面是佐野家和二十世紀日本的具體情況所產生的，另一方面也是人類共同的生理和心理。於是，《靜子》一書才啟發她妹妹一輩的女作家們紛紛寫出對母親的仇恨愛憎來。活了一百萬次的貓，跟牠第一次愛上的白貓死別以後，第一次深感哀傷，哭了一百萬次，最後自己也死掉了。我不能不覺得佐野洋子很像那隻活了一百萬次的貓。她生前活得那麼獨立自尊，然而母親去世才四年，就撐不住自己了。難道她畢生最愛的是曾虐待自己的虛榮母親嗎？人性究竟多麼複雜？哀哉！

木曜文庫 06

靜子

シズコさん

作　　者｜佐野洋子
譯　　者｜陳系美

副 社 長｜陳瀅如
總 編 輯｜戴偉傑
責任編輯｜張瑜珊、王淑儀（二版）
封面設計｜萬亞雰
電腦排版｜宸遠彩藝
行銷企劃｜陳雅雯
出　　版｜木馬文化事業股份有限公司
發　　行｜遠足文化事業股份有限公司（讀書共和國出版集團）
地　　址｜231 新北市新店區民權路 108-4 號 8 樓
電　　話｜(02)2218-1417
傳　　真｜(02)2218-0727
Email｜service@bookrep.com.tw
郵撥帳號｜19588272 木馬文化事業股份有限公司
客服專線｜0800-221-029
法律顧問｜華洋法律事務所　蘇文生律師
印　　刷｜中原造像股份有限公司

二版 2 刷｜2024 年 8 月
定　　價｜380 元

ISBN 978-986-359-814-5

歡迎團體訂購，另有優惠，洽：業務部 (02)2218-1417 分機 1124

國家圖書館出版品預行編目 (CIP) 資料

靜子 / 佐野洋子作 ; 陳系美譯 . -- 二版 . -- 新北市 : 木馬文化 : 遠足文化發行 , 2020.08
384 面 ; 13×19 公分 . -- (木曜文庫 ; 06) 譯自 : シズコさん
ISBN 978-986-359-814-5(平裝)

861.67　　109009207